Ikiru Chikara ga Waitekuru
Million years bookstore

生きる力が湧いてくる

野口理恵

百万年書房

昼間に風呂に入る

小学生のころ、母が突然ガーデニングに目覚めた。

私が育った場所は「緑が多い」といえば聞こえは良いが、舗装もされていない畦道《あぜみち》に囲まれていて、キツネやタヌキもいたし、カエルやクモ、ムカデにヤモリ、それにアオダイショウという大きなヘビもいた。自分が子どもだったからかもしれないが、どいつもこいつも巨大だった。

上京してから「うわ、虫!」と恐れる人の横で、ひょいと虫をつかんだりしてみせると、「虫とか、平気なタイプなんですね」と驚かれると同時に、「きもちわりぃ」という蔑みの眼差しを感じる。平気もなにも、ふーっと吹いたら飛んでいくようなカメムシやコガネムシなんて、実家で対峙してきたバカでかいヤツらに比べたらかわいいものだ。

夏の初めのころだろうか。通学路の畦道にアオダイショウが横たわっていた。家は目前。そこを通らねば帰ることはできない。

「おい、おまえ、この道を通るのか……」

この土地の主のようなアオダイショウは、じっとりとした目で私を睨んでくる。

「ここで退いたら負けだ」

言葉も常識も通じないヘビとのあいだに緊迫した空気が流れる。相手がどう出てくるか予想もつかない。近づくのは怖いから、地面を足でどんどん叩く。ランドセルを振り回して近くの草に当てる。まったく動じない。これは持久戦に持ち込むしかない。

しばらくすると根負けしたアオダイショウがするすると道をあけた。私はダッシュですり抜ける。大袈裟で馬鹿馬鹿しい話だが、幼少期はアオダイショウをはじめ、巨大なヤツらと何度も生死をかけて戦ってきた。これはたぶん、田舎の子どもなら誰でも経験したことがあるはずだ。

そんな自然が豊かな土地で、母がいきなり庭にバラを植え始めた。「庭」という概念は人間が勝手につけた線引きにすぎず、当然、生き物たちはがんがん入ってくる。しかも庭には藤の木があり、いつも巨大なクマバチが群がっていた。フワフワで丸っこい見た目に反してブオオオンという邪悪な羽音を出す危険なヤツらだ。

「刺されたら死ぬ……」

毒性は強くないそうだが、子どもの私にとっては脅威だった。そして藤の木が玄関の前にあるものだから、毎日の登下校は命がけだ。そんな藤の木の横に、母はバラのアーチをつくり始めたのだ。

「いきなりどうしたの」と母に訊いても、「なんとなく」としか答えない。しかしこうと決めたら曲げない頑固さで、家族が「クマバチがたくさんいて危ない」と言っても庭づくりをやめない。

リビングには園芸本が積み上げられ、結局、数か月で見事なバラのアーチが完成した。

我が家の玄関前はおとぎの国の入り口のようになった。完全に園芸にハマった母はブルーベリーの木やザクロの木なども植えて、芝生だけだった庭は、あっという間に美しく、しかも美味しい実のなる植物であふれた。母はいつも庭をアップデートさせていたから、どんな完成形をイメージしていたのかはわからないが、父はこの庭でゴルフの練習をするために大きなネットを設置した。あきらかに美観が損なわれるが母はなにも言わなかった。

我が家の庭は日当たりが良く、植物たちはスクスク育った。そして美味しい植物は当然虫や動物たちも大好きなわけで、我が家には生き物が集まってきた。虫対策なのかペットも増えて、アヒルが二羽、大型犬が三頭、チャボに烏骨鶏という大所帯になった。当時の我が家に二、三時間いれば、小学生の自由研究があっという間に終わってしまうくらいの生き物天国だった。

残念ながらいまは主人を失い、廃墟になってしまったが。

この庭で覚えていることがある。小学生のころの、とても、とてもしあわせな記憶だ。

休日の午後、普段、子どもと接しない父がゴルフのパターの練習を始めた。気まぐれだろうが、急に私と兄に「おい、やってみるか」と声をかけた。私は父があまり得意ではなくて、もごもごしていたが、兄は嬉しそうに父に駆け寄っていた。

「下手くそだな」

「クラブの持ち方はこう」

兄の横で私も教わる。大人向けの大きなパターでゴルフボールを打つ。カコーンという軽い音がする。私は楽しくなって夢中でボールを打った。汗だくで、泥んこで、たくさん笑った。

しばらくすると母がつくってくれた素麺をみんなで食べた。食べ終わると、父と兄はまたパターゲームを始めた。その様子を見ていたら、母が私に「ちょっとお風呂に入ってきたら」と言う。私は、「え、いまから？」と驚いた。

子どもだった私にとって、風呂は夜に入るものだった。もちろん朝風呂派の人も大勢いるだろうが、休日の十四時ごろで「まだ日の光があるうちからお風呂に入っていいんだろうか……」と躊躇《ためら》った。なぜか、すごく大人がすることのように思えて、ドキドキしたのだ。

お風呂の小さな窓から日の光が差し込んでくる。いつもよりも水面がキラキラしている。青いバスクリンの粉をさらさら入れて、ひとりで足を伸ばして風呂に入る。毎日入っているはずなのに、なんだか特別な場所みたいだ。

庭のほうから父と兄の声が聞こえる。母は台所で洗い物をしているのだろう。私はひとりの時間を満喫しながら、生意気にも「しあわせだなあ」と感じた。

そのおかげで、大人になった私は、休日の午後に風呂に入るのが好きだ。「風呂に入る、イコール、あとは寝るべし」と教わってきたから、風呂に入ってしまえばその日の活動はおしまいなわけで、つまり昼間から風呂に入るということは、「もう今日はなにもしない」「コンビニにも行かない」「絶対、外に出ない」という決意の表れなのである。背徳感に近い快感がある。なかでも天気がいい日は最高だ。入浴剤の「日本の名湯」シリーズから、湯の色を選び、さらさらとお湯に溶かす。昔から入浴剤は効能よりも色や温泉地で選んでしまう。

日の光が差し込み、風呂の水がキラキラしている。足を伸ばしてぶくぶく潜る。

いまでも虫や動植物が好きなのは子どものころの経験が影響しているのは間違いない。いま住んでいる家はベランダが広いから、今年は家庭菜園をやるのが目標だ。なんなら虫もヘビも大歓迎だが、あいにく都会のマンションにアオダイショウは迷い込んでこない。

風呂に入りながらスマホを開いて、アオダイショウのウィキペディアを眺める。おとなしい益獣で、人との関わりが深いヘビなのだそう。へえ、と思いながら、小学生のころの生死をかけた戦いを思い出すと、ふふっと声が出る。スマホをバスタブの縁に置いて、頭までお湯に沈める。春になったらベランダになにを植えようか考える。

長湯して、ぼーっとして、またぶくぶく潜る。


こういう時間を、きっと「しあわせ」というのだろう。

目次

生きる力が湧いてくる

家族

二〇一八年十月。兄が自宅で首を吊って亡くなった。秋の風が心地よい、よく晴れた日曜日の朝だった。こんなに美しい日に、兄はどんな気持ちで死を選んだのだろう。遺書はなかった。だから兄の気持ちはわからない。前の日の夜は眠れたのか、どんな気持ちで首にロープをかけたのか。兄を亡くし、私はいよいよひとりになってしまった。眩しい朝の日差しは、希望をもたらすものではないのか。

私が育った家庭環境は、お世辞にも良いものとは言えない。だからいつも説明が面倒で、周りに話を合わせて嘘ばかりついてきた。でも、ひとりになり、もういいかなと思った。いままで適当なことばかり言ってごめんなさい。初めましての人も、そうでない人も、私という人間を少しだけ知ってもらえると嬉しい。

母のこと

物心ついたころから、私の家はめちゃくちゃで最悪だった。父は毎晩ひどく酔って帰ってきては怒鳴り散らし、その姿を見て母はいつもヒステリーを起こしていた。群馬生まれの母は、独身時代は埼玉県熊谷市の八木橋デパートで美容部員をしていて、服装やメイクがとにかくど派手だったらしい。東京が好きでよく遊びに行っていたそうだ。そんな母が、熊谷のはずれにある、前も後ろも右も左も田んぼの土地に嫁に来たのが、そもそも間違いだった。

見渡す限りの田んぼのなかで、母は病んだ。友人もいない、頼れる両親もいない。母には父しかいなかった。母は父を異常なほど愛していて、父はそこから逃げるように外に癒しを求めた。仕事と嘘をついて女と海外旅行にも行っていた。

私は罵り合う両親が当たり前だと思っていたから、友人の親を見ても「この人たちも毎晩喧嘩するのかな」と密かに思っていて、そうではない家族もあるのだと、大人になってから知った。家族とは、すべての感情をさらけ出し、罵り合い、傷つけ合うもので、子どもという存在、結婚という言葉が、憎しみ合うふたりを結びつけるものだと思っていた。少なくともそこには健全な夫婦の姿はなく、歪んだ愛情だけが母を生かしていた。

六月のある日、いつものように両親が激しい喧嘩を始めた。私は「またか」と食卓からその様子を見ていた。母の罵倒にカッとなった父は、母に向かってピアノの椅子を投げた。母はなんとか避けたが、当たっていたら大怪我をしていただろう。

翌日、母は、兄と私の三人でよく行っていたスキー場の駐車場で、車に排気ガスを取り込んで自殺した。私は十五歳だった。この日のできごとはすべて、会話もすべて、はっきりと覚えている。警察からの電話の声も、母の遺体の乾いた舌も、なにもかもが私の心にこびりついてしまった。

母は鬱《うつ》だったようだ。いま思えば、リビングに大量の薬が置いてあった。

高校受験を控えていた私は毎日学校で必要以上に明るく笑い、夜、自宅のベッドで泣いていた。私がいるのに母は死を選んだ。私という存在は母の生きる理由にはならなかった。

母に愛されていると疑わなかった私は、突然、愛情という線をぶつんと切られたような気がして、どこにもつながらずにぷかぷか飛んで、あてもなくさまよう風船のようだった。いまにもパンと破裂しそうで、危なっかしくて、私は当時をよく生き延びて、いまこうして大人になれたなとつくづく思う。

母の車のダッシュボードには、一九九三年に発売されて話題になっていた『完全自殺マニュアル』が入っていた。排気ガスのせいなのか、一度水に浸けた紙みたいにベコベコだった。普段、図書館で本を借りていた母だったが、この本は自分で購入したようだ。母は、そこに書かれてある通り、車の窓に目貼りをして、排気口にホースをつけて窓から排ガスを車中に取り込んで死んだ。遺書にはワープロで、父のこと、私の将来のことなど、いろいろなことが書かれていた。最後に「さようなら」と手書きの文字が添えてあった。文字が滲んでいた。母は泣いていたのかもしれない。

私はこの本を恨んではいない。なぜなら、この本がなくても母は死を選んでいたと思うから。悪いのは、母を支えられなかった私を含めた家族だ。

そして私は改めて、本、というものを認識した。母が最後に読んだ本。私の人生を変えた本。本はどうやってできるんだろう。誰がどんな意志でつくったんだろう。そうして私は、『完全自殺マニュアル』の版元である太田出版という会社を知った。

父のこと

私は父と一度だけ手をつないだことがある。小学校の学校行事の帰り道の、ただ一度だけだ。父は、私が赤ん坊のときも「誰が抱いたって同じだ、わかりゃしない」と言って、私を抱きたがらなかったと生前の母が言っていた。だから私も父には寄りつかないし、母が亡くなってからは「父のせいで母が死んだ」と思っていたから、より一層、父を憎んだ。

いま思えば、父はひどく心の弱い人だったようだ。嫌なことからは逃げる。嫌なことがあったらお酒を浴びるように飲む。家に居場所がないから、外の居心地のいい場所に逃げる。

母の死後、父は長く勤めていた会社を辞めた。スナックの女の紹介で小料理屋を始め、母の生命保険でベンツとロレックスを買った。朝方に帰ってきては、昼間に大量の酒を飲み、夜に出かける。そして母が亡くなって三年後、父は倒れた。

病室の痩せこけた父を見て私は泣いた。私は涙が出たことに驚いた。私が父を三年間責め続けたせいなのか。父は父なりに母の死が堪えていたらしい。当時、妻に自殺された男の心情が想像できるほど、私は大人ではなかった。

そして父は肝硬変で死んだ。私は十九歳、大学一年のときだった。東京で暮らしていた私に、早朝、兄から電話があった。兄は「朝、四時、死亡」とだけ言うと、電話を切った。ひどい父親だったのは間違いない。でも、私は顔も中身も父によく似ているように思う。もし父がいまも生きていたら、仲良くなれたかもしれない。「大変だったな」とか言って、一緒に楽しくお酒を飲んでいたかもしれない。残念で仕方ない。

大人になること

両親が亡くなると、伯父が私たち兄妹のお金の管理をするようになった。この伯父は、父の葬儀のとき、私と兄を参列者の前に立たせ、「この子たちは両親のいない可哀相な子です。私たち大人が支えていきましょう」という最高に胸くそ悪い演説をした。私はこの伯父が嫌いで、一刻も早くこの伯父と縁を切りたいと思っていた。私は就職し、自活できるようになった社会人一年目の夏、「あなたとは縁を切らせてください」と言いに熊谷に行った。伯父は面食らっていたが「わかった」と言って連絡を絶った。

社会人三年目のとき、たまたま太田出版の中途採用があることを知った。中学のときに見た、あの本の会社を一度見てみたいと思った。私は応募をし、面接をし、するすると入社が決まった。入社して、『完全自殺マニュアル』を担当していた「落合美砂」という編集者を間近に見ることになった。彼女は五十歳前で、酒にだらしなく、普段はとことんルーズで、女っぽくて、面倒くさい、下品極まりない女だった。でも、それでも、いつも仕事になるとハイヒールを履き、背筋がピンと伸びている姿を見ていると、私はいつしか彼女のことが好きになっていた。彼女みたいになりたいと本気で思っていたし、いまもそう思っている。この会社が好きだったし、なにより居心地が良かった。

私は二十九歳で結婚し、会社を辞めた。出産し、母になり、そして離婚して、再び、ひとりになった。

別れた夫が育った家庭は、絵に描いたようなしあわせな家庭で、結婚していたころは、家族全員で新年を祝い、母の日には花を贈り、家族全員で墓参りにも行っていた。私にはこの家族行事というものが、どれも初めてのことばかりで、いつもぎこちなく過ごしていたが、ひとつひとつ普通の家族の儀式をこなしていけば、普通の家族をつくることができると思っていた。

別居する直前、夏の暑い日に墓参りに行った。高台の見晴らしのいい、美しい緑の中にある墓地で、義父に「理恵さんもこの墓に入るんだよ」と言われたとき、私は、自分の人生の終わりを見せられた気がしてぞっとした。私はここで人生が終わるのか。いや、違う。申し訳ないが、この墓には入りたくない。

結婚してからの私はいつも怒っていた。ヒステリックに夫を罵る姿は、私の母そのものだった。どんどん母のようになっていく自分が嫌で仕方なかった。母が囚われていた田舎の塀と、私がいる場所が同じだと気づいたとき、ここにいてはいけない、と家を出た。

子どもの親権は別れた夫がもっている。私は両親がいないから後ろ盾もない。こんな歪んだ女に育てられるより、立派な親をもつ夫に育てられたほうが子どもはしあわせだろう。私は母と違って死ぬわけではないからいつでも会える。でも、子どもの心を傷つけることにもなる。全部わかっている。でも、きっと誰にも理解はされない。非難されても仕方ない。でも、この選択しか、私にはできなかった。

兄のこと

兄の訃報は突然だった。普段疎遠な伯母から着信があったのを見たとき、九十六歳になる祖母が亡くなったのだと思った。折り返すと、伯母は早口で言った。

「理恵ちゃん、おばあちゃんが亡くなったん。で、将ちゃんも亡くなったんよ」

「おばあちゃんが亡くなったから将ちゃんに電話したんだけど、出なくて、家に行っても出ないからおかしいと思って窓から入ったら、階段で首を吊ってたん」

祖母の死亡時刻は八時五十五分。兄は推定九時。ふたりは同じ日の、ほぼ同時刻に亡くなった。

母が亡くなったとき、父も私も自分のことで頭がいっぱいだった。兄は感情を表に出さない人で、「お兄ちゃんなんだから」といつも抑圧されてきた。母の死でいちばん深い闇を抱えたのは兄だったことに私は気づいていなかったのだ。

母が亡くなった当時、兄は大学受験を控えていた。母が亡くなって数か月経った高三の二学期、父のもとに高校から電話があった。兄が学校にずっと来ていないというのだ。兄はたしかに毎日制服を着て、学校に行っていたはずだった。ところが、実際は一日中公園にいたり、自宅に帰ってきていたのだという。兄の心はボロボロで、自分の進路も、人生も、生きる意味も、わからなくなってしまったようだった。兄は合格した大学にも行かず、引きこもるようになった。

両親が亡くなり、私は東京の大学に行き、就職したため、兄は熊谷の実家でひとりで暮らしていた。それでも兄は完全な引きこもりというわけではなく、定職にはつかなかったが、たまにアルバイトをして、近所に住む祖母の面倒を見ながら暮らしていた。いつも飄々《ひょうひょう》としていて、「お米いるー?」なんていう軽いメールのやり取りをしていた。祖母は兄を溺愛していたから、祖母と兄はとても良い関係だったのだと思う。もしかしたら両親を亡くした兄には祖母がすべてだったのかもしれない。

そんな祖母が、高齢で身体を壊して余命いくばくかとなり、亡くなる五日前に親族が病室に呼ばれていたらしい。兄はそこにも行っていて、黙って祖母を見ていたという。そして、奇しくも祖母の死去とほぼ同時刻に、家族の思い出が詰まった家の階段で首を吊った。死亡推定時刻から考えて、兄は祖母の死を知らなかったはずだ。

兄と祖母の葬儀は質素だった。ふたり同時の葬儀は異例で、世間体を考えて人を呼ばなかったのだ。

葬儀で、私は子どもみたいに大声で泣いた。みんなの前で、恥ずかしげもなく、泣き喚いて、棺の前で泣き崩れた。この世で兄を想って泣けるのは私しかいないと思ったからだ。社会と向き合わず、友人もいなかった兄が、私のたったひとりの家族である兄が、たしかに生きた証を、誰かに愛されていたのだということを、ひとりでも多くの人に知って欲しかった。

兄が抱えていた哀しみはわからない。私は兄の生きる理由にもなれなかった。母だけでなく、兄の心にも寄り添えなかった。家族とはなんだろう。すべてをわかり合える存在ではないのか。心の拠り所ではないのか。心を通じ合わせ、助け合い、すべてを許し合うものではないのか。私には家族というものがわからない。

『完全自殺マニュアル』は、たしかに私を変えた。私の太田出版へのこだわりは、母から受けた呪縛だった。兄が自殺し、再びこの本が私の目の前に突きつけられると、この三十年間で私に起きたことのすべてが、ふっと消えていくような気がした。あまりにもいろいろなことが起こりすぎて、すべてがバカらしく思えてきたというのもある。

「野口さんの実家ってどうなの?」「うちは適当だから。私に関心ないんだよね」みたいな嘘をつくのも、もういいのかなと思えてきた。

私はどうして嘘をついてきたのだろう。なにから身を守ってきたのだろう。私の人生はもう書き換えようがない。恥ずべきことはなにもしていない。母と兄が自殺して、父も死んだ。離婚し、子どもの親権を手放してひとりになった。それが、いまの私で間違いないのだ。

日曜日の朝

眩しい朝の光のなかで、兄は家族のことを考えていたのかもしれない。大昔の日曜日、家族みんなで森林公園に行ったことがある。日曜日の朝に死を選んだ兄は、両親に会えただろうか。

兄の本当の気持ちはわからない。死んで両親に会えるわけがない。こんな妄想は私自身を慰める嘘だとわかっている。でも、これは私がこれから強く生きていくために必要な嘘なのだ。

兄が最後に見た景色は、私たち兄妹が生まれ育った実家の階段だった。階段の下から夕飯ができたと呼ぶ母の声が聞こえる。兄妹は二階の部屋から「はーい」と返事をして、階段をバタバタと下りてくる。庭ではダルメシアンという大型犬を三頭飼っていて、父の車のエンジン音が聞こえると大きな鳴き声で父の帰りを教えてくれた。母はガーデニングが趣味で庭はいつでも美しかった。

私には家族がいた。いつも家族はバラバラだったけど、そういう家族みたいな時間もたしかにあったのだ。家族とはなんなのだろう。私にはわからない。でも、みんなに会いたいと思う。

お母さんに会いたい。お父さんに会いたい。お兄ちゃんに会いたい。さみしくてさみしくて、さみしくてさみしくて、本当はもう耐えられそうにない。手を握って欲しい。抱きしめて欲しい。名前を呼んで欲しい。声が聞きたい。四人で顔を見合わせて笑ってみたい。平凡でいいから、普通でいいから、あの家でもう一度、家族を。

私が欲しかったのは、自分が失った家族だった。自分で家族を築いても、それはあの家族ではなかった。父がいて、母がいて、兄がいた、あの家族への想いが、いま私を生かしている。

私の人生を聞いて、どう思うだろう。可哀想に思うだろうか。別に哀れんで欲しいわけではない。遅かれ早かれ人は死ぬのだし、私にはそのピークが少し早く来ただけだと思っている。莫大な土地を相続し、親の介護の心配もない。あとの人生は気楽なものだ。それでも、ときどき、朝日が眩しすぎて、前が見えなくなって、困る。でも私はまだ大丈夫だ。自分の足で立って生きていくのは、なんて清々しいのだろう。

生きる力が湧いてくる

株式会社rn pressは二〇二三年で設立三年目になる。社員は私ひとりだ。アルバイトもいない。今回初めて版元日誌を依頼されたので自己紹介をしたいと思う。とはいえ、明るく楽しく自社を紹介したいところだが、なぜ私がいまの仕事を始めたかを語るにはどうしても生い立ちが深く関係していて、せっかくの機会なので自分のことを少し話そうと思う。若輩者の戯言《ざれごと》だと思って、ぜひご一読いただきたい。

私はおそらく多くの人がもつ家族観をもっていない。おそらくこれからももつことはできない。小説やドラマに出てくるような家族像は、私にとっては小説やドラマのなかの話だ。ほんのわずかな記憶から血縁への強い憧れはあるのに、それが自分ではうまくつくれないことにいつも不甲斐なさを感じている。

私は高卒の両親のもとに突然生まれた〝田舎のできる子〟で、母の過度な期待を受けて育った。結婚前はデパートの美容部員をしていて派手好きだった母は、自分らしさを封印していつも地味な格好で子育てに没頭していた。良い母親のコスプレをしていたのだろう。しかし母が亡くなって四半世紀以上経つが、思い出すのは眉間に皺を寄せた顔ばかりで、笑顔はほとんど覚えていない。当然夫婦仲は冷え切っていて、父は家庭に寄り付かず、別の場所に癒しを求めた。そして私が十五歳のときに母は自ら死を選んだ。あとを追うように父は病に罹《かか》り、私が十九歳のときに父は死んだ。母の死後、しばらくは日常生活のなかでふと思い出したりして涙を流したものだが、いまとなっては母の気持ちがよくわかる。毎日が窮屈だったのだろう。自分らしくいたかったのだろう。ここではないどこかへ行きたかったのだろう。

私と母は顔も性格も似ていないが、唯一受け継いだのは「本好き」ということ。家庭がめちゃくちゃなときでも、私の傍にはいつも本があった。そして母の遺体の傍にも、本があった。当時、世間を騒がせた『完全自殺マニュアル』だ。この本との出合いが私の編集者としてのスタートだったのかもしれない。

私は社会人三年目で『完全自殺マニュアル』の版元である太田出版に中途入社した。もちろん自殺遺児だということは誰にも言わなかった。五年在籍し、書籍、カルチャー誌、漫画誌をつくりながら、いつも『完全自殺マニュアル』を担当した編集者を、そしてその会社に務める人たちをじっと観察していた。そして編集者としていろいろなことを学んだ。かっこいいこと、ダサいこと。面白いこと、つまらないこと。いまの私の軸はここでつくられたように思う。

私は太田出版を辞めるときに、当時の同僚であり尊敬する先輩の北尾修一氏（現・百万年書房代表）にだけ、こっそり私の生い立ちを話した。北尾氏は「野口さん、それホラーだよ」と驚いていた。恋人にも、友人にも話したことがなく、生まれて初めて自分のことを打ち明けたせいか、荒木町の鰻屋で盛大に泣いた。北尾氏はもう忘れているかもしれないが、そのとき「最高に面白いな」と笑ってくれた。親族のなかで可哀想な子だとずっと腫れ物扱いをされてきたから、付き合う人々にはたくさん嘘をついてきた。中途半端な同情はくそくらえ。私のことなんてほっといてくれとずっと思ってきた。でも、目の前に私の話を面白いと思ってくれる人がいる。茶化すのでもなく、真剣に。それはきっといろいろな人生に触れてきたからこそできるのだろう。私は北尾氏の「面白い」という言葉に救われたのだ。

二〇一一年、初めて担当した漫画家が自殺した。二〇一八年、兄も自殺した。ふたりとも社会のなかでいつも居心地が悪そうだった。私の周りにはなぜいつも死がつきまとうのかわからないが、私はいつも本がもつ力を考える。この世には数えきれない数の本があり、それは毎日増え続けている。ひとつ言っておかなければならないのは、私は『完全自殺マニュアル』を恨んではいないということだ。本が与える影響力は大きい。しかし、みんな本のせいで死んだのではない。社会のなかで生きづらさを感じ、自らの意思で選択した結果なのだ。だからこそ編集者はあらゆることを想定しないといけない。本が間違った方向に背中を押してしまうことがあるからだ。しかし一方で、彼らが生きづらさを感じていたこの社会を変える強い力もあるはずだ。

私は本づくりでなにができるだろうか。私ができることはささやかだけれど、本の力で「生きる力」が湧いたら良いと思う。顔の見えない読者が、ひとりでも、ふたりでも、生きたいと強く思えるような本づくりをしたい。ちなみに余談だが、rn pressから出ている本は見た目が〝かわいい本〟が多いせいか、どうも私は「乙女ちっくな」編集者だと思われているようだ（自意識過剰だろうか。いや、実際、定期的に手伝いたいという若者から連絡をいただくが、みんな綿菓子のような人ばかりだ）。どうか本を読んでほしい。rn pressの作家たちはみなとんでもない熱気と狂気で書いている。私がついてきた嘘を吐き出すためにつくり始めた文芸誌「ＵＳＯ」は今年で五年目になる。これから出版していく本も、いい感じにこってりしている。

と、こんな日記を書いていたら、北尾氏がガンの手術をしたという投稿を見た。私は背筋がひんやりとしてメッセージを送ったところ、北尾氏から「飲みに行ける！」と返信がきたので「行きましょう！」と渋谷に向かった。いざ居酒屋で話を聞くと、二週間前に手術をしたばかりで、痛み止めを飲んでいるのだという。ああ、やっちまったな、空気を読まずに誘ったりして……。と反省していると「いやあ、飲みたいんだよ！　たくさん食べたいし！」と大笑いしている。しかも自分の闘病記をＺＩＮＥにして、週末には手売りをするために大阪に出張に行くのだという。目の前の人が元気なのか病人なのか、さっぱりわからないまま解散し、渋谷の坂道をくだりながらふと考えた。死の恐怖と隣り合わせになったとき、私は同じことができるだろうか。さんざん身近な人の死を見てきたが、いざ自分となったら怯んでしまうかもしれない。北尾氏の強さはどこから来るのだろうか。まだまだ、北尾氏にはとても追いつけそうにない。

私には家族はいないが、仕事や生き方を学べる先輩に恵まれている。北尾氏だけではない。たくさんの人の背中を見てきた。なかにはとんでもないクズで自堕落な先輩もいたけれど、みな人間臭く、本づくりとなると真剣で、博識で、かっこよかった。私の会社はまだ三年目、まだまだこれからだ。自信をもって前を向いていけるよう精進していきたい。

酔う

二十代のころは朝まで酒を飲んでもへっちゃらだった。

当時は新宿周辺に住んでいて、終電を逃しても歩いて帰ることができた。会社は曙橋にあったから、もっぱら荒木町や新宿三丁目で飲んでいて、「いまから来る?」という先輩のお誘いは、よほどのことがない限り断ったことがない。

私は酒豪ではないが、酒を飲んでも少し顔が赤くなるくらいで大きな変化はない。吉祥寺のハモニカ横丁の小道や、神泉の駐車場で、へべれけでコンクリートに寝転がって笑う同僚たちを見ると、こんなに酔えて羨ましいなと思った。うまく酔えない私は「ほら、もう帰りな」と世話をするのがほとんどで、彼らを見届けたら、そっと飲み直したりする。

そして朝まで変わらずに淡々と飲む。記憶をなくすこともないし、気持ち悪くなって吐くこともない。たまにスイッチが入ると、「ちょっと聞いてくださいよう」なんて絡んだりするが、だいたいいつも同じトーンで、にこにこ飲んでいる。特技欄に「奇麗に酒が飲める」と書いていいと思う。

二〇二三年の年末、私の生い立ちを書いた「生きる力が湧いてくる」が、インターネットでたくさんの人の目に留まった。そのおかげでオンラインショップでも文芸誌「USO」の注文がたくさん入った。私の会社では発送作業もすべてひとりで行っているので、いつも納品書と照らし合わせながらせっせと商品を用意している。一点一点袋詰めする作業は、けっこう楽しい。今回はいつもよりも多めの注文がきているから、前の晩に納品書をプリントアウトして、早朝から作業を始めることにした。

朝、作業を始めると、注文リストのなかに「鶴見済」という名前があることに気づいた。私はひやっとした。これは『完全自殺マニュアル』の著者の名前だ。いやいや、同姓同名なだけで、本人ではないかもしれない。しかし、そもそもこの注文数の多さは『完全自殺マニュアル』について書いたせいでもあるから、鶴見氏はあの文章を読んだのだろう。これはきっと本人だ。

私は自分が書いた文章を見直してみた。私は「本のせいで母が死んだのではない」と言いたかったのだけど、伝わっているだろうか。いろいろ書き連ねたが、伝えきれていない気もしたから、私は「人違いでもいいや」と思い、少し長い手紙を書いた。自己紹介のような、とりとめのないことを書いて、最後に「あなたのおかげで大人になれた」と書いた。間違いなく、いまの私をつくりあげたのはこの本だからだ。

注文の本に手紙を添えて送った数日後、鶴見氏からメールが届いた。とても嬉しいメールだった。私は感激して返事を返した。そんな感じで、何度かメールを交わし、共通の知人である先輩編集者の堅田浩二氏、北尾修一氏のふたりも誘って、鶴見氏と四人でご飯を食べることになった。

そのとき、なにを語ったのかを書きたいところだが、実はせっかくの宴なのに、なにを話したのかをほとんど覚えていない。泥酔するほど酒を飲んでいないし、そもそも酔わないのだが、なんだかふわふわしてしまって、最近の出版事情とか、そんな話をしていたら、二時間があっという間に過ぎてしまった。中野駅で「また、ぜひ」なんて言って握手して解散した。

私は帰りの方角が同じだった北尾氏と、中央線に乗っていた。すると、あれよあれよと頭がぐるぐるまわってくる。なんとか必死に耐えて渋谷に着いたものの、

「北尾さん、私ちょっとやばそう」

と、駅のホームに座り込んでしまった。生まれて初めての「酔い」だ。気持ちが悪くて血の気が引いていく。ホームの端っこに座り込みながら、そうそう、こういう人、夜の駅でよく見かけるよな、なんて俯瞰で見ている自分もいる。

「珍しいね」

と、北尾氏が覗き込んでくる。二十年近く一緒に酒を飲んできた北尾氏ですら、私が座り込む姿を見たことがない。

「ちょっと、緊張していたみたいで」

自分で口にしてみて、やっぱりいつもとは違う酒だったと気づく。好きな人や尊敬する

人など、いままでいろいろな人に会ってきたけれど、今回はそれとは違うものだ。普段、誰にも見せずに心の奥にしまっている感情が、油断するとぶわっと飛び出してきそうで、それを必死に押さえ込んでいるような感じ。気を張ってしまって変な酒になってしまった。息も絶え絶えでそんな話をしたら、北尾氏は「そっかそっか」と言って、ふらふらの私をタクシー乗り場まで引っ張ってくれた。そしてまた「面白いなあ」と言う。

ひとりでタクシーに乗って外を眺めていると、少しずつ頭がクリアになっていく。学芸大学あたりでいよいよ酔いが冷めて、都立大学駅前でタクシーを降りた。ペットボトルの水を買って、緑が丘まで歩くことにする。時間はまだ夜の二十一時くらい。冷たい空気が気持ちいい。

不思議な気分で歩いていた。

母の葬式が終わったあと、遺体と一緒に、母が死に場所に選んだ車が家に戻ってきた。トヨタのルシーダというミニバンで、この車で母と兄と私の三人はいろいろな場所にでかけた。

私と兄は、戻ってきた車の中に一緒に入った。ダッシュボードの中から『完全自殺マニュアル』を見つけて、兄と顔を見合わせて、お互いになにも言わずに、本をダッシュボードに戻した。その本を書いた人は、死ぬことではなく、生きることを強く考えている人だった。二十年のあいだに父も、兄まで死んで、私はひとりになって、私だけがどんどん強くなって、私だけが生き残って、こうして酒に酔って、夜道を歩いている。

「ねえ、お母さん、お兄ちゃん。私、あの本の作者に会ったのよ」

考えがまとまらないとき、不安なとき、多くの人がそうするように、私は頭のなかで家族に話しかけてみた。きっと、こんなときに、家族の声を聞きたくなるのだろう。

普段は蓋をしている家族のことで、頭のなかがぶわっといっぱいになる。今日は酔っているんだもんな、と諦めながら、通り過ぎていく戸建てから漏れる光を眺める。

「家族がいる人が羨ましいなあ」

と、珍しくちゃんと妬む。無条件に甘えたり、本音を言えたり、バカなことをしても受け入れてくれるような、そういう家族がいていいなあ。私は十代から甘えることができなかったせいで、すっかり図太く、たくましく成長してしまった。でも、暖かそうな明かりを見ると、いいなあ、と思う。

都立大から歩いて、人気の寿司屋を通りすぎると、坂の上に六叉路がある。六本の道が放射状に伸びていて、まるで人生を試されているかのよう。しかし私はもう大人になったから、どこを曲がっても迷わないのだ、フフン、と悦に入る。

妬んでいるけれど、憎んでいるわけではない。羨ましいけれど、欲しいとは思わない。たまに酔うのも悪くないな、と思う。

大切なあなた

虫の知らせを私は信じる。私の母が群馬の山奥で命を絶ったとき、その場にいたわけでも、正確な死亡時間がわかっているわけでもないけれど、「あ、あのときだ」と不思議と母の命が消えたことを感じたのだ。夜の二十二時過ぎ、自宅の二階で感じた妙な胸騒ぎ。ふわふわして、地に足がついていない感じ。それまでぎゅっと強い力で包まれていることが当たり前だったのに、急にポロポロと剥がれ落ちてしまう感じ。あれは人生で最初で最後の虫の知らせだった。

十代のころの劣悪な家庭環境は、メンタルの不調よりも身体の不調を招いた。高校生のころ、私は不整脈で何度もぶっ倒れた。通学バスのブオオオン、ブ、ブオオオンという不規則なエンジンの振動にあわせるように、トクン、トトト、トクンと脈がもっていかれてしまうのだ。高校一年生のときの健康診断で引っ掛かり、県で一番大きい循環器センターで精密検査を受け、発作性心房細動という病名がついた。「強いストレスが原因」と言われた。発作が起きると授業を抜け出して高校の近くの病院で点滴を受け、心電図を取る。定期的に、心電図の長い紙を筒状にして循環器センターに持っていくため、早退することもしばしばあった。

当時はメンタル的には「大丈夫」と思っていたのだが、いま思い返すと、かなりヤバかったのかもしれない。毎日どうして私は生きているのかを考え、夜になると涙が出てきてしまう。きちんとカウンセラー的なものに通うべきだった。とはいえ、いまはこれだけ図太く生きているのだから、結果的には良かったのかもしれない。いまはすっかり不整脈も落ち着き、大酒飲みになっているが、年齢的に、そろそろ控えたほうがよいのだろう。

「心臓が弱い」なんて言ったら、保健室登校のか弱い子のように思うかもしれないが、発作がない日は元気いっぱいで快活そのもの。中学と同じテニス部だったし、同級生は「検診でなにか引っかかったのかな」くらいに思っていたはずだ。もちろん私の家庭の事情を知っている同級生はひとりもいないし、誰かに話そうとも思わなかった。普通の子でいたかったからだ。

高校生のころは友だちと言えるような子はほとんどいなかった。とはいえコミュニケーションは良好。いじめられていたわけでもないけれど、そこそこの付き合いでいいや、と思っていた。そのころの私を夢中にしたのは、小沢健二という人だった。当時はインターネットはないし、自分の世界を広げてくれるものは、駅ビルのCDショップや書店だった。

母が死んでからというもの、それまでほとんど会話をしたことがない父とどう接すればいいかわからなかったから、学校から帰ると部屋に籠《こも》り、ずっと小沢健二を聴きながら、書店に一冊しか入荷しない「ロッキング・オン・ジャパン」のインタビュー記事を、毎号、暗記するまで読んだ。

思春期ど真ん中での母の自死は、「生きることはつらいことで、生きる価値を見出せないなら死を選んでいい」と言われているようだった。そうやって母の死を納得させていた私に「生きることをあきらめてしまわないように」という言葉はぐいぐい刺さった。大袈裟と思うかもしれないが、当時、彼の歌を聴いていたときは「私はこの世界に存在していい」と許されている気がしたのだ。

狭くて暗い世界が、ぱぁっと明るく開けた気がした。カーブを曲がると海がある、信号が青になる、季節が変わり息が白くなる。何気ない日常の煌めきがあふれていて、日常で通り過ぎてしまっていた世界の美しさに気づけるような気がした。たくさんの命はつながっていて、私も大きく美しい世界のなかのひとりであるということ。愛する家族はいなくても、この世界で自力で生きていくための力を与えてくれた。不安定なころに好きだったものは、何らかの信仰心が芽生えるものだ。

少し前に、かつて上司だった若林恵氏とご飯を食べていた。虎ノ門の高層ビルの見晴らしの良いお店で、左には新宿、正面は北関東の山々。奇麗な青空が夜のビル灯りになるまで、ここ数か月の周りのできごとを話した。尊敬している先輩の話、ＳＮＳにうんざりしていること、毎日息が詰まること、いまの小沢健二を好きになれないこと。

「最近の曲に、『インタビューでは本当のことを言ってなかった』みたいな歌詞があって、それがどうしても許せないんです。私がいままで、どれだけ彼の言葉を支えに生きてきたか。嘘だったなんて言わないでほしい」

若林氏は「その歌詞が嘘かもしれないだろ」と笑い、「それだけ好きだったならその歌詞が嘘だと言う権利があるし、いまの歌もちゃんと聴いてあげるべき」と言う。

なるほどなあと思ったが、私はずいぶんたくましくなってしまったものだから、生きるのに必要だった十代のときほど、救いを求めていないのだろう。

私が彼を神様のように崇め奉っていたときも、彼は人間として日常を生きていた。人間なのだから成長するわけで、時間の流れとともに彼の書く詩も変化した。誰にでも置き換えられる普遍的な「あなた」を描いていた詩から、彼には家族ができて、替えの効かない「あなた」ができて、特定の大切な人を想う歌詞に変わったのかなと思う。

誰でも大切な人ができると弱くなる。大切な人のことで頭がいっぱいになって、自分の声が小さくなる。大きな広い場所にいたのに、気づくと小さな家族をつくろうとする。虫の知らせが聞こえるくらい、しっかりとした絆をつくったのに、それを壊したり、またつくったり。面倒くさい生き物だなあ、と思いながら、帰り道で久しぶりに小沢健二を聴いてみる。

祝祭の日々

半年に一度くらい、夢に見る人がいる。中学生のころに好きだった男の子で、三十年前の姿のまま私の夢に現れる。

さぞ美しい純愛を思い浮かべるかもしれないが、そんなたいそうな話ではない。田舎生まれで奥手だった中学生の私にとって、付き合うなんてもってのほか。想いを伝えてすらいない。いま思えば、それはそれで良かったと思っている。

一応、言っておきたいのは、私は四十歳を越えてプレ更年期に悩むお年頃で、いまも「初恋のカレ♡」を想い続けている痛い女ではないということ。これまでカロリー過多な恋愛をさんざん経験してきた。恋人に着の身着のまま追い出されて、希望に満ちた学生の横で「無印良品の一人暮らし家電セット」を慌てて買ったり、相手を束縛する制度に疲れ果てて突然離婚するような、豪胆なバツイチ女である。三十代までは住まいがころころ変わるような怒涛の生活をしていたが、四十代になったいまは、もっぱら、穏やかで気の合うパートナーと猫三匹と一緒にヘルシーな暮らしをしている。日々の中心は仕事。数年前に起業し、社会への不満は仕事で発散している。恋だの愛だの言っているヒマはない。

しかしながら、夢を見るのだ。

連絡先はもちろん知らない。会いたいとも思わない。四十代のお互いの姿は悲惨で目も当てられないだろう。もしかしたらもう死んでいるかもしれない。それはそれで構わない。たとえこの世にいなくても「まあそういう年齢だしな」と納得できるから、心にチクッともこない。

夢に規則性はない。見るのはだいたい仕事の夢だ。日々のできごとの合間に、ひょっこり中学生の男の子が現れることが多い。ストーリーはめちゃくちゃで、大人の私が中学生の男の子と仕事の話をしたりする、なんともチグハグな夢だ。彼はいつも夢の物語のキーマンではなく、なんとなく、ふんわりとそこにいるだけ。でも、夢のなかの私は彼に嫌われないように、むしろ褒められようと健気に頑張っている。彼に「恥ずかしい人間だ」と思われたくないのだ。なぜだろう。

考えられるのはひとつ。彼を好きだったころ、突然母が亡くなったからだ。私の心の拠り所だった母。肉親の絆をブツッと切られた私は宙ぶらりんで、心のなかに神様をつくらないと、まともに歩くことすらままならなかった。

たまたま、そんなときに好きだった男の子は、十五歳の青年の姿をした神様になった。もちろん神様の「金型」となった彼は、いまもどこかで生きているだろうし、別の年に母が亡くなっていたら、違う男の子の姿だったかもしれない。

私はしあわせだったあのころに戻りたいのだろう。誰かに守られて、包まれて、許されていたあの時間に。埼玉の平凡な核家族に生まれて、部活を頑張って、同級生に恋をして、どこにでもいる高校生になって、そこそこの大学に入って、就職して、職場で出会った人と結婚して、子どもを産んで、仕事を辞めるか悩んだりして、子育てを頑張って。そんな普通の人生が約束されていたような、あの生暖かい殻に包まれていた時間が恋しいのだ。

両親がいなくなったとき、考えたのは自分の結婚式のことだった。昔もいまも「お嫁さん」に強い憧れがあったわけではないが、家と家を結びつける結婚というものが憂鬱なできごととして、のしかかってきた。

「私、バージンロードを歩いてくれる人がいないいな」

「そもそも親がいないって、相手の家に怪しまれそう」

「私、結婚とかできるのかな」

「もしかしてそういう『普通っぽいこと』をするのは、これから先、私には難しいことなのかな」

親の死でそんなことを気にするのはおかしなことかもしれないが、しあわせを当たり前に享受する同級生とのあいだに、目に見えない線を引かれたようだった。生きることになんの疑いもなく、屈託なく笑える同級生たちを羨み、妬み、僻《ひが》んだ。男女交際にはつねに自分のいびつな生い立ちが頭をよぎり、どこか後ろめたさを感じていた。

「ごめんね。まだ言っていなかったけど、私、両親が不在なの。このままお付き合いを続けて結婚することになっても、結婚式のときとか、サマにならないけど大丈夫？　自殺だったし。世間体良くないよね」

こんな感じでさらっとポップに言えたらよいのだけど、二十代の私には言えなかった。私のことを察した気立てのいいすごく年上の人と一度結婚してみたけれど、うまくいくわけないよな。反省している。

そんなふうに七転八倒、七転び八起きしているときも、いつも神様は私の斜め上をぷかぷか漂っていた。なにをするわけでもなく、しあわせな時間の象徴として、そして私自身を戒める存在として。神様はいまこのときも、私の心のなかに君臨し続けている。


あのころに戻れないのはわかっている。戻りたいのかもわからない。同じ時間、同じ空気をつくれないのもわかっている。だから私はたまに神様に確認しているのだろう。

「私は誰かを傷つけていない？」

「私はまだ生きていて大丈夫？」

「私はいましあわせ？」

神様は決して答えをくれない。結局、私のなかで生み出された偶像に自問自答しているだけだ。しかし、それでも、私が歯を食いしばって生きていくために必要な存在だった。

ありがとう、神様。私がグレずに高校と大学に進学し、いまこうして自分でお金を稼いでいられるのはあなたのおかげだ。嫌なことは右から左に華麗に流し、たまに少し褒められただけで自己肯定感マシマシな、こんな図太い人間として生きているのは、あなたが私を導いてくれたからだ。

と、すでにお気づきであろうが、とどのつまり、私は私が好きなのだ。あいにく全能ではないが、神の正体は私だ。私の意志がすべてを決め、私は私に従ってきた。私は思春期のときに心のなかに神様をつくった私が好きだし、悲劇のヒロインぶってる私が好きで好きでたまらないのだ。どんな私も、私だ。それでいい。

パートナーは、今日もぼーっとした顔をしている。声が小さいから、なにを言っているのか聞き取れなくて、何度も何度も聞き返す。ひと手間かけた手料理はいつも味が薄い。私と暮らすまではペットと無縁だったそうだが、ついに埋もれていた猫の才能が開花し、私がさわると「ンガァ」と叫んで逃げる末猫マニが、パートナーには心を許している。静かで穏やかで、日々を丁寧に暮らす人だ。

ちなみにいま、猫のウナギとモリオは私の足元で丸くなっている。マニはキャットタワーの上から「メシはまだか」と鋭い眼光で睨みつけている。これから日が暮れて、夜ご飯のカリカリをあげたら、猫たちの夜の運動会が始まり、「うるさいぞ」なんて怒ったりして、一日が終わるのだろう。

ずっと普通ではないと思っていた。家族とはなにかを問うてきた。いつも「本当にこれでいいのか」という心の声と戦ってきた。でも「普通」なんてものはどこにもないのかもしれない。人生の積み重ねが普通をつくりあげていく。美味しい味噌汁が今日も食べられる。それを美味しいと思う。それが私のなかで普通になっていく。きっと、いつか神様は夢に現れなくなるだろう。私は、私らしく普通を積み重ねていける日々を愛おしく思う。

かわいいあの子

USO

　東京で暮らす妹から、離婚するかもしれないと電話があった。妹は泣いているのか、言葉が何度も何度も途切れた。電話の向こうからは、コンビニのレジの音が聞こえる。十二月の寒空の下、深夜二時に妹はひとりでいるのか。

「うちは後ろ盾になる両親もいないし、親権も手放そうと思う。いろいろうまくいかないの。仕事も、家のことも。もう、ダメなんだと思う」

　妹とこうして真面目な話をするのは何年振りだろう。でも、家族のことで躓《つまづ》いてしまうのは、ぼくたち兄妹は仕方がないのかもしれない。ぼくは、りえの好きなようにすればいい、と言った。悩んで苦しい思いをするなら、自由にしろ。お母さんは四十四歳だっただろ。そこまではなんとか生きていこうぜ。そう言って電話を切った。

「そうか、あの子には、もう会えないのか」

電話を切ると、真っ先に甥のことを考えた。妹の産んだ子は四歳で、ぼくがいままで見たことも、触ったこともない、柔らかいものだった。

＊

最後に甥に会ったのは半年前の六月だ。

ぼくが住む埼玉県熊谷市から、妹が住む阿佐ケ谷までは、花園インターから高速に乗ってだいたい一時間。甥が生まれてからは三、四か月に一度くらい、米やオモチャを届けに訪ねていた。ようやく杉並の迷路のような一方通行にも慣れてきて、妹の家の近くに安いパーキングも見つけた。ぼくは東京探索をしようと思って、車に積んだ折りたたみの小径自転車を取り出して、いつものように妹夫妻の住む家に向かう。妹はぼくが自転車で来たことに驚いていたが、「せっかく自転車があるならハルと公園に行こう」と身支度を始めた。

「だだっ広い公園があるの。四歳児は体力が有り余ってるからさ。日中たくさん走らせないと、夜に寝てくれないのよ」

ぼくはノースフェイスの小さな青いリュックを背負わされた甥を見て、こんな小さな身体に、そんなに体力があるなんて思えないけどな、と思ったが、ぼくには四歳児の生態なんてわかるはずもないから、「大変だな」とだけ言って、公園に向かうことにした。

妹の電動自転車はウィィンという奇妙な音を立てながら坂道を登る。甥はスイカの柄の陽気なヘルメットをつけ、虫取り網を手にして自転車の子ども用の椅子に座っていた。妹は坂道をグングン進むけど、ぼくは小径自転車だし、体力もないから、とうてい追いつけるわけもない。仕方なく自転車を降りて坂道の傾斜に負けないように押す。妹は坂のてっぺんで振り返り、なにも言わずに待っている。

ようやく追いつくと、「すごいでしょ、これ」と妹は笑った。

「うん、すごい」

「バイクみたいでしょ」

「転ぶなよ」

「大丈夫。もう慣れたから」

阿佐ケ谷から西荻窪まで、住宅街を抜けながら公園までの道を行く。甥は虫が好きなようで、「モンシロチョウ!」「アブラゼミ!」と、虫を見つけるたびに大きな声でぼくに教えてくれた。

公園に着くと、甥は走り出す。六月の公園は蒸し暑くて、ぼくはもう汗だくだった。

「遠くに行かないでぇ」

と妹は甥に向かって叫ぶが、甥はそんなのは無視して走り続ける。妹は追いかけようとするが携帯が鳴る。妹は携帯を取り出して、メールを確認すると、一瞬で「仕事の顔」に変わった。

「お兄ちゃん、ごめん。ちょっとハルを見ていて。仕事の電話をしなくちゃで」

「おう」

ぼくは甥を追いかける。公園で走るなんて、小学生のとき以来かもしれない。ぼくは喘息で身体が弱かったから、いつも体育は休んでいたし、そもそも運動神経が悪過ぎた。田舎で運動ができない鈍臭いぼくは、友だちも全然できなくていつもひとりだった。学生時代のことなんて、思い出したくもない。

それにしても、こんな青空の下に出てくるなんて思いもよらなかった。甥は当たり前のようにぼくの手を引っ張る。ぼくのことなんて、そんなに知らないはずなのに、どうして手をつないでくれるのだろう。どうしてこんなに信用するのだろう。

空は晴れているのだけど、西荻窪の原っぱ公園は、前日の雨で地面が少しぬかるんでいた。甥のお目当てはクロアゲハだったが、モンシロチョウに比べると、少し上のほうを飛んでいるからなかなか捕まえることができない。

靴が土で汚れる。甥と一緒にしゃがみこんでテントウムシを見ていたら、膝にも土がべったりとついてしまった。手についた泥を甥とふたりで水道の水で洗い流す。水が冷たくて気持ちいい。タオルがないからズボンで手を拭く。甥も真似をしてぼくのズボンで手を拭く。ふいに風が公園を抜ける。風が吹くと、洗いたての手がひんやりして気持ちいい。子どものころは当たり前だった感覚が、少しだけ戻ってくる。

＊

ぼくが高校生のとき、母が自殺した。父との仲は昔から悪くて、何度も、何度も、離婚の話をしていた。ぼくと妹は、リビングでの話し合いの場には入れてもらえなくて、いつもふたりで階段からその様子を見ていた。「田舎に住んでいるから世間体が悪い」。母は祖母にいつもそう説得されていた。

母が亡くなる前日、ぼくは父と母と進路について話をしていた。ぼくは「大学には行かない」、「コンピューターの専門学校に行きたい」、「自分でプログラミングの勉強をして、早く自分でお金を稼げるようになりたいんだ」と話した。でも、母は納得しなかった。そして翌日、母は死んだ。

　ぼくへの遺書は数行だった。

「昨日話した進路のことはわかりました。お金はあるから大丈夫。妹を大事にしなさい」

　ぼくはいつも妹の引き立て役だった。妹は要領が良くて、ぼくはいつも実験台だった。漫画も、ゲームも、小説も、テクノも、好きになったのは全部ぼくが先だ。でも妹はどんどんそれを吸収して、ぼくがなりたかった編集者になった。母が妹に残した遺書はA４用紙にびっちり三枚にも渡るものだった。つまり、そういうことだ。


　母は神経質な人だった。ぼくが小学生のころから、ぼくの喘息をなんとかしようと、いろいろな治療法を試すために関東中の医者をまわった。自然療法が良いと聞き、怪しい自給自足集団のなかに放り込まれたこともある。ぼくの周りはいつも大人で、同級生の子たちとは馴染めなくて、クラスでは浮いていたから、クラスの隅でオタクで底辺の友だちたちと目立たぬよう静かに過ごしていた。

　中学三年生の受験のとき、母はぼくを部屋に閉じ込めて、勉強以外のことをさせないよう、ぼくを毎晩見張った。そんな息苦しい勉強がうまく行くはずもなく、志望校に落ちて、滑り止めの私立に行くことになった。

高校時代は映画部に入って、ひたすら映画ばかりをつくっていた。ゾンビからラブストーリーまで、没頭してなにかをつくったのは、最初で最後だ。友だちもできて、それなりに楽しい時間だった。問題が起きたのは高三の春。進路の希望を出さなくてはいけなくなったころだった。高校は大学付属で、そのまま大学にも行けたから、みんなは大学進学を希望していた。だけど、ぼくはそれを望まなかった。そして、母は死んだ。母の死の原因の八割は父の浮気だ。でも残りの二割は、たぶん、母の希望通りに生きられないぼくのせいだ。

＊

「お母さんが、死んじゃった」

警察からの電話を切って、父が言った。

ぼくは母の亡骸が戻ってくるのを家で待った。妹は放心状態で家を飛び出して、中学の教室にいたところを連れ戻された。妹は帰ってくるなり、

「あんたのせいで死んだんだ。あんたが死ねばよかったんだ」

と、泣きながら父をなじったので、ぼくは「それは、だめだ」と初めて妹に対して大声

を出した。

「人は簡単に死ぬんだ」

これが、ぼくが母の死を聞いて初めに感じたことだ。しばらくすると呼吸ができなくなった。いつの間にか、息ができなくなるほど、涙が流れていた。落ち着いて平静を装おうとしてもできなくて、ただただ苦しかった。

昨日まで普通に話している人も、元気そうな人も、あっという間に死んでしまう。人は弱い。それなら、いっそ、誰とも深い付き合いをしないほうがいい。人を好きになればなるほど、別れたときがつらいからだ。もうこんな思いはしたくない。ぼくはひとりでいるほうがいい。

母が死んで、ぼくは毎日そんなことばかり考えていた。結局、ぼくは専門学校と大学の両方を受験して、どちらも合格していたのだけど、どちらにも行かなかった。ぼくは家から外に出なくなった。それから二十年、ぼくは、社会との接続を拒んだ。

母が死んで三年後、今度は父が死んだ。酒に溺れて死んだのだ。母の自殺がよほど堪えたのだろう。晩年は、酒ばかりを飲んでいた。もっとぼくが強い人間で、勉強もスポーツもできていれば、母は死なずに、父は酒に溺れたりしなかったのだろうか。それができない、いまのぼくは、ぼくの生きる意味は、いったいなんなのだろう。

ぼくは実家で一人暮らしになり、裏に住む祖母の町内会の送り迎えをして、毎日、小遣いをもらって生きていた。たまに妹から電話がかかってきて「仕事はしてるの?」と訊かれたけど、「家も車もあるし、親の貯金もあるから、心配しなくていい」と話した。妹の結婚には少し驚いた。妹もぼくと同じで、他人への期待が極端に低いから、人を信頼することができたことに感動すらした。だけど「離婚したい」という電話がかかってきたときには、やっぱり仕方ないのだな、と思った。そしてついにこの十数年ぼくを生かしてくれていた祖母も倒れた。余命いくばくかとなり、いよいよ入院することになった。もう、長くはない、と医師からの宣告を受けた。

＊

父が亡くなってから、家にいた犬の世話を誰もしなくなった。犬小屋に閉じ込められ、夕方になると餌だけが与えられる。散歩に行くどころか、糞尿の掃除すらろくにされない。妹は東京に行ってしまったから、犬の世話はぼくがするしかないのだけれど、ぼくはそれが面倒で、家族が全員そろっていたあのころにはもう戻れないのだから、いっそのこと早く死んでくれないかなと思った。そうしたら世話をしなくても済むのに。そして犬は死んだ。ダルメシアンという立派な血統書付きの犬で、広い芝生を駆け回っていた子犬時代からは想像もできないくらい、惨めで哀しい最期だった。

そして、いま、ぼくはあの犬と同じだ。仕事をせずに、ただ金だけがかかる厄介者。犬小屋みたいなゴミ屋敷で、祖母からもらった小遣いを頼りに、ただ生きる。いや、生きるのではない。ただ、心臓が動き、息をしているだけだ。誰もぼくを求めない。誰にも必要とされない、ただ死を待たれる存在。

電話が鳴った。普段、ぼくの家に電話をかけてくる人なんていない。この電話は、つまり、祖母が亡くなったという報せだろう。ぼくは電話に出なかった。

そうか、いよいよか。

ぼくはこれから極めて前向きな選択をしようと思う。ここにいてはなにも始まらないと思うからだ。大学に行かなかった。心を許しあえる友人をつくることができなかった。家族を守れなかった。ペットを大事にできなかった。ぼくは社会とのつながりを拒んだ。

でも、全部、自分で選んだことだ。たしかに、ぼくは運が悪いのかもしれない。喘息で家に引きこもっていた。家族を失った。でも、それがなんだ、と思う。ぼくは自分の道は自分で決めるんだ。まあ、やり残したことや、やりたかった夢はたくさん残っているけれど、思い残すことはあまりない。ぼくは、ぼくが生きた三十九年に、けっこう満足しているのだ。

階段にフックを取り付けて、準備しておいたロープに手をかける。それを首に通してみる。少し怖い。苦しいのは何分くらいだろう。

そうだな、目を閉じて、あの子を思い出してみようか。小さな手で、ぼくの袖をギュッと引っ張ってきたあの子。ぼくを青空の下に連れ出してくれた、かわいいあの子を。

優しい兄

二〇一八年に兄が亡くなり、遺品の整理で熊谷の実家に何度も通った。

5LDKの実家は、どの部屋にもゴミが一メートルくらい積もっていて、玄関のドアが開かないほどだった。マクドナルドの紙袋、スーパーの割引値札がついた惣菜のパック、食べ終わったカップラーメン、アマゾンのダンボール。不潔で、夏には虫が湧くから、冬のうちにすべて片付けなければならない。5LDKがいっぱいになるほどのゴミをため込むのに、何年かかったのか想像もつかないが、兄はここで十数年暮らし、ひとりで死んでいった。

髪の毛をひとつに束ね、軍手をして、マスクをして、家の中だけど土足で、埃と砂と、なんだかよくわからない汚れにまみれながら、ひたすらゴミを袋に詰め続けた。どれも生前の兄が、その日を生きるために食べたもので、兄が生きた証を必死に袋に詰めながら、私は泣いた。ゴミ袋は百袋をゆうに超えた。

兄の部屋で、二十三年前に自殺した母が兄に宛てた遺書を発見した。私に宛てた遺書と同じ茶封筒に入っていた。読んでいいものか、開くのを迷ったが、このゴミ屋敷のなかで遺書を見つけられたことに、兄の「意志のようなもの」を感じ、自宅に持ち帰って読んだ。

遺書を開いて驚いた。私の遺書にはA4用紙数枚にびっちりと母の言葉が綴られていたが、兄の遺書は数行しか書かれていなかった。そしてその文面から、母が亡くなる前日に、両親と兄の三人で進路について話していたことを初めて知った。

私は兄が好きだった。兄が読んでいた「アフタヌーン」で漫画の楽しさを知ったし、毎年大晦日になるとふたりでK-1の試合を観た。博識で、私の知らないことをたくさん知っていて、私は兄の蘊蓄《うんちく》を聞くのが楽しみだった。

兄は小説家になりたかったようで、中学生になると原稿用紙を買い込んでは、いつも熱心になにかを書いていた。SFが好きで、アニメのOVAをレンタルしてきては、この作画はどう、この設定はどう、と私に説明しながら観ていた。

私は、兄が小学生のころから同級生にいじめられていたのを知っていた。テストに出ないことにばかり興味をもつから、学校の成績も良くなかった。喘息で体育を休んでいたし、運動神経も良くなかった。嫌なことがあっても言い返せない性格で、学校も、友だちも、両親でさえ、兄の素晴らしさに気づいていないようだった。「もし子どものときにインターネットがあったら、兄は気の合う友だちを見つけられたかもしれない」なんて、考えても虚しいだけだ。

兄の優しさや弱さが、社会では通用しないということは、私も、兄自身も、たぶん気づいていた。だから、もしかしたら、いつか兄が自分で死を選ぶということも、私はうすうすわかっていた。

兄が亡くなる前日の土曜日、私は中学時代からの親友と、山梨に柚子狩りに行っていた。

新宿の高速バス乗り場で待ち合わせをして、山奥まで行き、柚子をたくさん収穫して、瓶詰めの柚子胡椒をつくる。一週間くらい寝かせると美味しくなるらしい。あまった柚子を刻んで、釜で焼いたピザに乗せて、青空の下、おいしい、おいしい、なんて言ったりした。

ふたりででかけるのは久しぶりだったから、高速バスに揺られながらお互いの家族のことを話した。

「将ちゃんは元気？」

「うん、たぶん。元気だと思うよ」

帰りのバスで、奇麗な夕焼けを見ていた。徐々に日が暮れていく景色の先には兄がいて、そういえば最近連絡していないなあ、なんて考えたりした。まだ兄が存在するのはあたり前で、いなくなるなんて想像もしていなかった。私は持ち帰った柚子胡椒の瓶を冷蔵庫に入れて、早く美味しくなるといいなあと呑気に願っていた。

兄が亡くなって半年くらい経ったとき、東京の私の自宅に銀行から定期預金についての案内の葉書が届いた。なんのことかわからず、銀行に行くと、兄が私名義で定期預金をつくっていたことがわかった。私は新宿三丁目のりそな銀行の窓口で泣き出してしまった。窓口の女性はさぞ驚いたことだろう。私は新宿から初台の家まで、泣きながら歩いて帰った。お金なんていらなかった。ただ、生きていて欲しかった。

実家にはもうほとんどなにも残っていない。両親の若いころの写真、私と兄の幼少期の写真、家の権利証など、すべてを引き取り、無印良品の頑丈なケース二箱に入れて、東京の私の部屋に置いてある。初めて見るような写真も多かったが、家族全員で写った写真は一枚もなかった。それがこの結果なのだろう。しかしにこやかに笑う写真の中の彼らは、誰もこんな結末なんて望んでいなかったはずだ。

私の机の中には一枚の写真が入っている。兄が三歳のころの写真で、赤ん坊の私を抱きかかえて笑っている。この写真を撮ったとき、きっとみんな笑顔だったのだろう。しあわせで、あたたかな空気が流れていたのだろう。誰が、どんな理由で、こんな笑顔の子どもに、こんな試練を与えたのだろう。

兄の気持ちが知りたくて、兄が最後に見た景色のことをいつも考えていた。でも、兄の本当の気持ちはわからない。残された遺族はつい都合良く解釈をしてしまう。ただ、兄の人生最大の大胆な決断を「どうして私を置いて行ったの」と恨むのではなく、私は「兄らしいなあ」「派手にやってくれたなあ」と能天気に受け入れている。

テニスが下手な女の子

昔から怒ると笑い出してしまう癖がある。本気で怒れば怒るほど吹き出してしまうのだ。もちろん笑いたくて笑っているのではない。これは癖というよりも、怒りやストレスを感じたとき、無意識に笑うことで自分を落ち着かせようとする生理反応らしい。同じ症状の人が「自分は精神の病気ではないか」と心配してネットに書き込んでいるのをたまに見かける。

それにしても、なんて感じの悪い生理反応なのだろう。喧嘩の最中、相手の気持ちを逆撫でしてしまうから、よけいに関係はこじれ、事態はさらに悪化してしまう。

喧嘩して怒ったことは数え切れないほどある。しかしそれは交際相手などの異性に限ってだ。四十歳を過ぎれば酸いも甘いも噛み分けて、若さゆえの痴話喧嘩、物が飛び交うガチ喧嘩など多くの修羅場を潜り抜けてきた。しかし「人前」では絶対に喧嘩をしないと決めている。なぜなら怒ると笑ってしまうからだ。

だから私は女性と喧嘩をしたことがほとんどない。あるのは中学二年生のときのただの一度だけ。人前で喧嘩したのもこのときを最後に、三十年近くしていない。

喧嘩の相手は、同じ部活の同級生で、テニスがめちゃくちゃ下手くそな女の子だった。彼女とは、普段一緒にいたわけでもないし、遊んだ記憶もない。大人になってからも一度も会っていない。そして今後も絶対に会うことはない。なぜなら彼女は二十歳そこそこで白血病を患い、あっという間に亡くなってしまったからだ。人伝にその話を聞いて、人並みに人生の儚さを憂いたりしたが、彼女が亡くなったからといって感傷的になることもなかった。そしてきっと彼女も亡くなる直前、私のことなど思い出さずに逝ったのだろう。つまり彼女と私のあいだには、世間一般的に考えられるような「友情」は一切ない。

喧嘩の理由は、テニス部の球拾いをするとかしないとか、ささやかなことだった。

「どうして私が球拾いなの」と訊かれて、痛いところを突かれたと思った。私の学校は地域優勝を目指す強豪校で、非情にも能力別にグループ分けされていた。私は運動神経だけは良く、大会の個人戦で第一シードに登録されていたが、彼女は補欠のなかでも一番下のグループにいた。

「ひどいよ、私が下手だからって」と言われたことを覚えている。球拾いしかやらせてもらえない彼女の怒りは私に向けられていた。彼女の怒りはどんどんエスカレートしていき「ずっとむかついていた」「私を見下してる」と、この場とは関係ないような愚痴が吐き出されていく。私も売り言葉に買い言葉で、周りの目など気にせず罵り合いになってしまった。

そして私は笑った。怒り、泣き、どう考えても笑いどころではない場所で、おおいに吹き出した。笑いたくないのに、話すたびに「フフフッ」「プッ」と出てしまう。それを見ていた同級生は怪訝な顔をする。私は悪者だ。弱者をいじめる悪魔みたいだ。そもそも私は人から好かれるようなタイプではない。エースなのに部長になれなかったのは、人望がない証拠だった。実際、テニスが下手な彼女を可哀そうだと思っていたし、努力をしない同級生とわかりあうことはなかった。ちなみに小学五年生のとき、作文や絵でいつも表彰される私を妬んだ同級生が「野口さんは先生に贔屓《ひいき》されている」と問題にした。そしてそれがそのまま学級会の議題になった。なんという地獄の時間だろう。担任、クソすぎるだろう。

人前で怒りを発散できない私は、内へ内へ、怒りを溜めていく。そしてたまに身近な人の前でだけ爆発させることがある。

父の葬式のあと、叔母と遺品整理をしながら今後の話をしていた。叔母は重い空気にならないよう、場を和ませるために冗談っぽく話し始めた。

「うちはよく怒る家系でね。特に女は怒りやすいの。私が子どものころ、あなたのおばあちゃんは味噌汁を天井に向かって投げていたし、あなたのお母さんもお父さんに向かってものを投げていたでしょう。私もよく皿を投げてるわ。あなたも怒ると、ものを投げるでしょう？」

怒るとものを投げる家系ってなんだよ、と当時は高を括っていたが、これは呪いの言葉だった。仕事に追われていた離婚直前、食卓に並ぶのはいつも出前の品ばかりだった。仕事と家事を両立できないダメな私は、申し訳ない気持ちでいたのだが、元夫に「また出前？」と言われた瞬間、怒りが爆発した。私は「じゃあ食べなくていい！」と、ＣｏＣｏ壱番屋のカレーを壁に向かって勢いよくぶちまけたのだ。

友人から一歩踏み込むと、他所行きの私のなかから「本当の私」が姿を現す。本当の私はいつも怒っている。あまりに頭にきて目の周りの毛細血管が切れてしまい、数日間、数本の赤い筋が目から額にかけてぶおおっと伸びて『Ｘ‐ＭＥＮ』の能力者みたいになったこともある。いままで身につけたあらゆる知見を生かして、相手の嫌な部分を丁寧にねちねち突き、全力で相手を貶めようとする。そしてものが飛ぶ。やはり血は争えない。

「あのとき泣きながら笑ってたのウケる」

いまでも唯一連絡を取り合う中学の同級生は、酒を飲みながら当時の私を思い出してケラケラ笑う。

「怒ると笑うのって私だけ？」

「あんま、ないんじゃない。っていうか、怒りながら笑うのを知らない人が見たら怖いよ。でも、そもそも怒ること自体が無駄な行為だし」

彼女は八年前、私が別居のために家を出たときに居候させてくれた命の恩人で、私の数少ない友人のひとりだ。


私は怒号が飛び交う家で育った。毎晩繰り広げられる両親の喧嘩でお腹いっぱい。家の外でくらい穏やかでいたい。喧嘩なんて体力の無駄だし、喧嘩をしたところでなにも解決しない。人前で負の感情を見せるのはかっこわるい。多感な中学生の私はそんなことばかり考えていた。

「みーこちゃんはりえちゃんじゃなくて私と仲良くしたいって」と友情を独占しようと喧嘩をふっかけてくる意味不明な女、私の机の中にわざとノリをぶちまけて嫌がらせをする女たち。私は彼女たちのささやかな悪意を軽く受け流していた。自分が女だからこそ女が嫌いだった。十代の女なんてみんな自分のことしか考えていない。じめじめメソメソしやがって。私はそんなのに構っている余裕はないのだ。なぜなら家庭が崩壊しそうなのだから。ぐつぐつと煮えたぎるような怒りを抱えながら、私は同級生との面倒なやりとりを避けていた。きっと大人からは感情表現に乏しい、冷めた子どもに見られていただろう。

テニスが下手くそな彼女との喧嘩は、家庭が一番大変なときに起きたできごとだった。結局、家庭を崩壊させた我が家の派手な喧嘩に比べれば、あまりに稚拙で、とるに足らない喧嘩だ。でも私が人前で感情を露わにした唯一の喧嘩だった。後にも先にも、あれが最後。

私は彼女が死んだと聞いても、一切の涙を流さなかった。でも、たまにひとりで夜道を歩いているときに、ふと彼女との喧嘩を思い出す。これまで経験した素敵なできごとは次々と忘れていくというのに、どうしてこんなつまらない喧嘩のことばかり思い出すのだろう。

そうか、あの子はもういないのかと思うと、ほんの少しだけ寂しい。寂しいと感じるということは、もしかしたら遠い記憶のなかで、私は彼女を友人とみなしていたのかもしれない。私が感情をぶつけあった、唯一の女の子。私と彼女のあいだには友情なんてない。

でも彼女は私のなかで忘れられない人になっている。

もしかしたらこれが友情なのかも、いや、違うか、なんて行ったり来たりしながら、頭のなかで彼女の下手くそなフォアハンドを思い出す。いびつなフォームでボールを打ち返せやしない。彼女が存在しない世界で、私は彼女のことをたしかに思う。

夜、空を見上げる

誰も働いていない時間に働くのが好きだ。事務所でデスクトップライトをつけて、PCを開いて黙々と仕事をする。夜のしんとした空気のなかで、みんなが寝静まった二十五時くらいが、いちばんはかどる。

たまにサンダルを履いて、深夜のコンビニに出かけるついでに、ふらふらと奥沢を歩いたりする。夏のねちっこい空気のなかで空を見上げながら、コンビニで買ったアイスのパピコと、コンビニ仕様の安いマニキュアが入ったビニール袋をぶんぶん振り回して歩く。ときどき通り過ぎるカップルを横目に、「パピコって、持つところも冷たいけど、みんなどうしているのかな」と思って検索してみると、パピコ用のセーターがあるということを知る。その画像を見て、かわいいなあと思いながらパピコを半分に折って食べる。食べながらまた空を見上げて、仕事のこと、書きたい文章、次の出張で食べるごはんを考える。

誰も私に興味を持たない静かな世界で、私はいつも「好きな仕事ができる」ことを噛み締めながら、ときどきぼーっと独り言を言ったりして夜の時間を過ごす。家に帰ると三匹の猫たちが寝ぼけた目でチラッと私を見て、またなにごともなかったかのように眠る。私はこの時間がたまらなく好きだ。


私は昔からひとりなわけではなく、家族を築いたこともある。当たり前に「母親」をしていた時期があり、ワンオペの日もあれば、会社から支給されるベビーシッター利用補助券を駆使して、仕事と家庭を必死に両立させようとしていた。もう十年近く前の話だ。当時は雑誌の編集部で、自分の担当分のほかに全体の進行を管理しないといけない立場で、校了を見届けるために、帰宅するのは編集部員のなかでもいちばん最後だった。

ありがたいことにタクシーチケットが発行される会社で、校了期は毎日、渋谷から阿佐ケ谷までタクシーで深夜に帰宅していた。家の前まで着けてもらっても良かったけれど、まだ頭がフル回転のままだったから、頭を冷やすためにいつも駅ひとつぶんくらい手前でタクシーを降りて、三十分くらいの道のりを歩いていた。
この夜歩きはいまの夜の散歩とは全然違うものだった。疲れ果てているから早くベッドで休みたいのだけど、私にとって家は休まる場所ではなかった。帰ったらまた怒涛の生活が始まってしまう。朝までにやるべきこと、残っている仕事のこと。朝焼けなんて、見る余裕はない。ただ黙々と次にやるべきことを確認していく。この夜歩きの時間は、こんがらがった頭を整理する時間だった。朝のはじまりの静かな気配も、美しく澄んだ空のグラデーションも、私の目には映っていなかった。

離婚する際に「仕事か子どもか」と自問し、私は仕事を選んだ。私は母性というものが極めて薄く、大人と会話するようにしか幼児と接することができなかった。母親としては欠陥品で、離婚することになり、たしかに「ほっとした」のだ。きちんと母親をやっている人からみたら、まったく共感されないだろう。多くの人は、どうやら出産を経て母性が芽生えるらしい。みんな「命に替えても子どもが大事だ」と口をそろえて言う。でも私にはそれがわからない。自分以外に大事な人がいることを理解できない。社会的に、客観的に見て、私がおかしいのだということはわかる。わかったうえで、やっぱりわからない。原因は明解だ。私の母親が私を切り捨てたからだ。彼女の「生きる理由」は、子どもではなかった。そういう教育を多感な十代のときに受けてしまったせいで、私には母性を理解するのが難しい。

事務所がある奥沢では、小学校受験に勤しむ親子を大勢見かける。たいていは母と子の組み合わせだ。子どもの受験を熱心にサポートするために、紺色のスーツに身を包む均一的な母親たちを見ると、自分の人生を子どもに託しているように見える。もちろん、彼女たちは自分の人生を生きているはずで、まったくもって大きなお世話だろう。しかし子どもへの過度な期待と、子どもの成功によって自分自身の存在を保とうとするエゴが見え隠れしているようで、胸が苦しくなる。

ある日、仕事のついでに寄った飯田橋で、私立小学校のお迎えの群れに出くわした。母親たちはお受験時代となんら変わらず、紺色のスーツに身を包んでいた。インターネットで調べてみると、保護者は華美な服装が禁止されているわけではないが、慣例として紺色の服を着用しているのだという。個性を出さず、目立たずにいることが、彼女たちの世界では暗黙の了解なのだ。きっと誰もが従順に従っているわけではないだろうが、鬱屈とした気持ちを抱えながらも、子どもに尽くせる女性たちは素晴らしいと思う。でも、私には同じことはできない。

彼女たちから見たら、私なんて無責任でどうしようもない人間に映っているだろう。「いつまでも自分のことばっかり」「子どもじゃないんだから」とお叱りを受けるかもしれない。でも「大人になること」が、自分らしさを殺すことならば、私は大人になんかなりたくない。母親というものを放棄したことを理解されないのはいっこうに構わない。誰ひとり、同じ境遇の人はいない。私が経験してきた悲しみや息苦しさは、彼女たちには理解されない。人生の主役の座を子どもに渡し、自分は脇役に徹し、年を重ね、やがて死んでいく。人間という種の営みを考えるとそれが正しいのだろう。しかし私は種の正しい営みに抗おうと、死ぬまで主役の座を渡すつもりはない。誰にも邪魔されてたまるか。

今日も今日とて、夜の時間を過ごしている。自由が丘ではもうすぐ夏のお祭りがあるらしい。早朝、誰もいない駅前にはやぐらが準備されていて、「昼間はきっと賑わうんだろうな」と思いながら通り過ぎた。帰宅すると、真夏なのに季節外れの毛皮をまとった猫たちが、そろいもそろって床でぐったりしている。その緩慢で、鈍重な動きからは「もう二度と野生で暮らすものか」という強い覚悟すら感じる。

私はこのあと少し仮眠をとったらまた仕事を始める。午後には昼寝ができる優越感を感じながらぐっすり眠って、そしてまた夜に仕事をする。同じ日なんて一日もない。毎日トラブル続きで、全然、落ち着けやしない。でも、そんな不規則な日々のなかでも、一日のうちに空を見上げる時間がある。私という人間の生き方を問う時間がある。私はそれをしあわせに思う。

USO

Nの起源

Nは手術の前日、ラミナリアを挿入する事前処置のために病院を訪れていた。

ラミナリアは海藻でできた棒状の医療器具で、インターネットの画像を見ると、多摩川の土手に落ちている乾燥した木の棒みたいだった。

「これを身体に入れるのか……」

Nはとたんに憂鬱になる。画像検索なんてしなければよかった。

ラミナリアは水分を含むと時間をかけて膨張し、子宮口を数時間かけてじわじわと広げていく。出産時、子宮口の開きが悪い場合でも使用されて、「うーん、開きが悪いな。一本追加！」という感じで、様子を見ながら「追いラミナリア」されるらしい。ネットには世にも恐ろしい体験談が散在している。絶対に見ないほうがいい。

妊娠すると、これまで出合ってこなかった単語をたくさん知ることになる。ラミナリアしかり、トキソプラズマ、NICU、葉酸、妊娠糖尿病、妊娠週数の「◯w◯d」という書き方も独特だ。ただしすべてを知る必要はない。このルートに乗ると、突然、新しい扉が開き、「こちらですよ」と丁寧に案内される。先人たちが入念に舗装したこの道は、とても良くできていて、いちど乗ると高速道路みたいに、妊婦をびゅんびゅん運んでいく。なにも考えなくていい。

考える必要もない。

とにかく丈夫な子を産め。

そんな声がDNAレベルで聞こえてくる。変わりつつある身体と、これから押し寄せる未来の重圧で、宇宙の起源を考えているときのように思考が停止してしまう。

母になる準備が始まったのだ。もう、もといた場所に引き返すことはできないのだ。

＊

妊娠がわかったのはNが二十九歳のときだった。体調が悪く、もしやと思い調べたら薄い赤いラインが出た。

あまりに知識がなく、出産予定日を調べようとしても妊娠週数の数え方がわからない。「受精した日が一日目ではなくて、最後の生理が始まった日が一日目になるのか」と感心しつつも、最後の生理がいつだったかを覚えていない。結局、産科医と話をして「じゃあこれくらいかな」と出産予定日が決まった。

促されるまま、母子手帳を取りに行くために渋谷区役所を訪れると、「これが健診のセットです。母親学級もありますから」と、分厚い茶封筒の「妊婦セット」と母子手帳を渡された。A4ペライチの母親学級の案内には、かわいいウサギやクマのイラストが描かれている。読むのは大人なのにな、と思いながら、いよいよこちらの道に来たのかと思う。

結婚して数年経っていて、まあそういうこともあるだろうとは思っていたが、最初に頭に浮かんだのは、数か月先まで埋まっている仕事のことだった。転職したばかりの会社は、朝晩の挨拶が評価査定に関わるような女ばかりのアットホームな出版社で、かわいいものをかわいいと言い、悲しいときは悲しいと言う同僚たちを見ながら、「この人たち、本気で言っているの」と薄気味悪さを感じていた。

だからNは妊娠を利用して、この会社を休職するか、退職してフリーランスになるか、居心地の悪い会社を離れる良い機会かもしれないと考えていた。ひどい話だ。

妊娠は、望む人からすれば喜ばしいことだし、子孫を残すことは素晴らしい。しかしNは両親を早くに亡くしていたせいか、親になるということに、いまいちピンときていなかった。

世間には妊娠後期になると実家に帰り、経験豊富な実母を頼って子どもを産む「里帰り出産」というものがあるらしい。そもそもその選択肢がないNは、「家族」がいないことを改めて思い知らされたが、おそらく実母が健在だったとしても、ポンコツな母親だったから、たいして期待できなかっただろう。

どのみちひとりでやるしかないのだ。いままでだって、ずっとひとりでやってきたのだ。今回だってきっと大丈夫だ。

5w4d。心拍が確認された検診の帰り、バスを待つあいだ、もし母親がまだ生きていたら……と、考えても仕方のないことを考えた。顔も声も、もう思い出せない。思い出そうとすると胸が苦しくなる。亡くなって二十五年経っても、まだ心のどこかに存在する「親」というものを感じることに、改めて血の強さを実感する。母親になるというイメージは湧かないが、もはやその道を邁進するしかない。少しずつ、日を追うごとに、成り行きにまかせて、Nはこれから起こる未知の世界を受け入れることにした。

Nは分厚い育児書を買って、ひと通り目を通してみた。最も恐ろしいのは猫のトキソプラズマだった。トキソプラズマ症とは、猫から人間に感染する病気で、トキソプラズマ・ゴンディとよばれる原虫により起こる。猫が感染すると、人に感染する卵が便に混じるのだという。成人は自覚症状がなく自然治癒するそうだが、妊婦が感染をすると、原虫が胎児に移行し、流産、死産の原因になることがあるそうだ。本には「猫を手放す必要はないが、猫の便や土、埃などに触れないように注意する必要がある」と書いてある。

なんて恐ろしいことが書いてあるのだろう。でも、もし生まれた子になにか予想もできないことが起こったら……。そして再び思考が停止してしまう。猫を手放すわけがないではないか。しかし、どこからか「子どもが大事だろう」という声が聞こえる。

Nはいつも通り会社に出社していた。自宅から代々木駅までの道のりは坂が多くて、身体がとにかくだるくてだるくて、今後、これがもっときつくなるのかと思うと憂鬱になっていた。駅の近くには当時流行っていた豚丼屋があり、油の匂いがきつくて吐きそうだった。

毎日、葉酸サプリを飲んで、身体をせっせと温めているうちに、示された道に順応することに違和感を覚えなくなってきていた。仕事もそこそこでいいのかもしれない。自分のやりたいことって、そもそもなんだったのだろう。母になるのだから、ある程度セーブして、しあわせな家庭を築こう。

＊

「心臓が止まっています」と言われたのは妊娠十五週のときだった。正確には妊娠週数15w4d。まもなく安定期というところだったが、稽留《けいりゅう》流産は「よくあること」らしい。自覚症状はない。呑気に検診に行き、急な宣告を受けた。

自分でも驚くくらい冷静に、流産処置の話を聞いた。手術は病院の都合ですぐにはできないらしい。三日後の夕方に事前処置を受け、翌日午前中に全身麻酔の手術を受ける。午後、目が覚めたら様子を見て夕方帰宅、というスケジュール。

不思議な気持ちだった。母になることに腹を括り、少しずつ覚悟が芽生えてきたところで梯子を外されてしまった。

医師の話を聞きながら、数日前に撮影でバタバタして三階まで一段飛ばしで駆け上ったことを思い出した。あの瞬間、目の前の仕事のこと以外、なにも考えていなかった。「ああ、私のせいなんだな」と思った。

病院からの帰り道、いつものようにバスに乗って帰った。なんだか疲れてしまって、運転席のすぐうしろの一人がけの席に座り、荷物を抱え込んで、窓にもたれかかった。遠い昔に「バスの揺れ方で人生の意味がわかる」という歌があった。ブルブルブルというバスの振動が身体に響いてくる。ふたりだった身体が、またひとりになり、そしてひとりだった「何か」はまだNの中に入っていた。人生の意味はわからなかった。しあわせを、しあわせだと思えるまで育つことはなかった。

帰宅して、自宅の玄関を開けたとたん、脱力してへなへなと座り込んでしまった。玄関のタイルが冷たい。四つん這いで立ち上がろうとすると、涙がぼたぼたとあふれてきた。まるで壊れた蛇口みたいに身体のコントロールが効かない。

たかが数週間で母性が芽生えたのだろうか。Nにはそれがわからなかった。でも身体が「いいから、いまは泣いておけ」と言っているような感覚で、Nはその強い力に身を任せることにした。

手術までの三日間、もう動かない「何か」をお腹に入れたまま、Nはいつも通り出社していた。隣の席の女性が、かわいいデザインをみて、「ねえ、これみて、かわいい」と言う。頭がくらくらする。会社の会議は月に二回あるが、ここ何回か、企画を出していなかった。スケジュールを立てるにも先が見えなかったからだ。

会議中、急に、周りのすべてが憎らしくてたまらなくなった。

「いま、お腹に何かが入っているんです」

と、大声で言ってやろうかと思う。でも言わない。

周囲にはほとんど妊娠を告げていなかった。仕事と子育てを両立する女ばかりの職場だから、聞いた途端に「ようこそこちらへ」というムードになるはずだ。幸いなことに、チームで取り組む仕事ではなかったから、誰かに迷惑をかけるわけでもない。だからバレるまでは言うまいと思っていた。

しかし手術ともなるとさすがに数日は休まねばならない。だからNは仕方なく編集長にだけ事情を話した。

「もっと休んでいい、大変だったな」

男性の編集長は、Nが大きなショックを受けていると思っている。しかし、まだNは自分の気持ちを理解できないでいた。悲しいとも違う。身体はどこも痛くないけど、とにかく気持ちが悪い。ふわふわして、なにをしても地面から数センチ浮いているみたいな、「存在」の気持ち悪さだ。

夕方、病院でラミナリアを挿入して一度帰宅した。初めは軽い生理痛くらいの痛みから、次第にずしんずしんと下腹部に鈍痛が走るようになった。擬似的に陣痛を起こしているようなもので、夜のあいだじゅう、身体から「何か」を引き剥がす準備の痛みに耐えるしかなかった。

長い夜が明けて再び病院に行き、手術着に着替えると全身麻酔を受ける。深呼吸をして「いち、に、さん、し……」と耳元で囁かれ、そこからの記憶はない。

目が覚めると、点滴をつけてベッドに横たわっていた。夫は不安そうに見ている。気立てのいい、良くできた人だ。しかし痛みを分かち合うことはない。妊娠して、流産して、全身麻酔を受けて、手術したのはNだ。気遣う言葉も、優しい言葉も、Nには響かない。どうしてだろう。結婚しても、ひとりで生きている気がしていた。どこにいても、ここではない気がする。誰かに頼ると、そのぶんなにかを要求されるのではないかと思ってしまう。無償の愛なんてものは存在しない。だから、Nもそれを求めない。

手術から一週間くらいでいつも通りの体調に戻っていたが、仕事をしようという気持ちになれなかった。結局、Nは会社を二週間休んだ。そのあいだ、事情をなにも知らないSと恵比寿にご飯を食べに行った。Sは中学の同級生で、大企業に勤め、管理職研修を受け始めて多忙な日々を過ごしていた。ここ何年も彼氏はいなくて、この先もつくる気はないらしい。会うのは一年ぶりだった。「女子会」「ビストロ」で検索して出てきた店は、クラフトビールが美味しい店なのに、Sはのっけから白ワインを頼んだ。

「結婚して何年？　Nがまさか結婚するとはね。中学のとき、男、全員殺す、みたいな顔してたよ」

　Sは早口でワインを流し込みながら言う。

「Nは自分が理解できないものは、ぜんぶ敵だと思っちゃうんでしょ。でもさ、周りはびっくりするくらいNに興味ないから」

「なんか、ひどくないそれ」

「まあさ、気を張り過ぎってこと。今日も顔険しいよ。そういえば中学のときの同級生のTのフェイスブック見た？」

「高校のときに強盗で捕まった子？」

「そう。でさ、T、いまは保育士してんの。すごくない？　できるんだよ、保育士。で、四人目が生まれたんだって。Tの遺伝子が増殖してんの」

「ヤンキーの遺伝子ね。まあ大人になってまともになってるんじゃないの」

「どうだろうね。進化の話でさ、飢餓が多い地域は節約遺伝子が遺伝するから、その村にはデブがいないんだって。つまりTの周りも、Tみたいなヤンキー遺伝子が遺伝して、ヤンキーしかいないヤンキー村ができるんだよ」

Sは笑いながらごくごくワインを飲む。子沢山で、そのうち孫とかできて、死ぬときに手を握られたりして、みんなに見守られて逝くTは一般的に見てしあわせではないだろうか、と、Nは思ったが、これ以上話を広げたくなかったから、言わないことにした。

結局、NはSに流産の話をしなかった。きっと労ってくれるはずだが、そんな気分ではなかった。

帰り道、Nは『種の起源』を考えていた。強い種が生き残るのではなく、環境に適応した人が種を残す。日々の生活を充実させて、都会に住んで、地元のヤンキーを下に見ていても、子を残さなければ遺伝子は途絶える。一方、十五歳で妊娠して、子を四人産んだTの遺伝子は未来に残る。淘汰されるのはNやSのほうなのだ。

どうして自分のこともままならないのに種の未来なんて考えなければいけないのだろう。結局、思考停止した種が生き残るのか。

Nは渋谷駅の地下街に迷い込んだハトを見ていた。この好奇心旺盛で不幸なハトは地上に出られるのだろうか。ハトを見ながら「なすべきことはすべて私の細胞が記憶していた」という詩人の言葉を思い出した。細胞が、遺伝子が、「こうしろ」と言う。子を残したい人は残せばいい、ひとりでいたい人はひとりでいればいい。世間ではなく、自分の声を聞けばいいのだ。


Nが会社に復帰した日、たくさんの女性社員たちに声をかけられた。

「大丈夫？　インフルエンザ？　大変だったね」

どうやら編集長は、「Nはインフルエンザをこじらせた」ということにしているらしい。

「いやいや、実は子宮筋腫の手術で、けっこう大変な手術をしたの」

と、Nは編集長の嘘に、嘘をかぶせた。

「子宮筋腫かあ、大変だよね。私の知り合いにもいたよ」

「これで妊娠できるね」

子宮筋腫は不妊の原因だと言われているから、妊娠をするための手術だと思われたのかもしれない。まあいいや、それでも。

いつも通り仕事をして、Nは駅までの道のりをひとりで歩いて帰っていた。奇麗な桜並木だが、Nが休んでいる間に開花してしまい、いまはもうピークを過ぎて散りかけていた。地面を埋める花びらは、たくさんの人に踏みつけられて茶色くなっている。

緑の葉とピンクの花びらが混じる桜の木の隙間から、空を眺める。そしてふと、手術のあと、私から引き剥がされた「何か」はどこに行ったのだろう、と思った。医師はなにも言わなかった。供養されたりするのだろうか。そういえば説明はなにもなかった。

普段はすぐに検索をするのだけど、怖いからやめた。

＊

あれから十五年が過ぎた。Nはまだ「何か」の行方を調べていない。

「あなたは、どんな人だったの」

「どんな人生を送りたかったの」

たまに、空を見上げて考える。

思いを馳せれば、それでいいと思っている。なんと薄情な人間だろう。

一年半後、Nは一人の子どもをもうけたが、結局、離婚をして、母親にはなれなかった。

生まれてみれば、素直に「かわいいなあ」と思う。しかし我が子の顔を見て、ようやく自分の母親の気持ちが少しだけわかった気がした。母が死を選んだとき、いっそ私を道連れに無理心中でもしてくれればよかったのに、と思ったが、やはり、それは違うのだ。子どもは母親の分身ではない。自分ではない他者なのだ。Nは、それをまざまざと感じた。そしてますます母親というものがわからなくなってしまった。

当たり前のしあわせを手にするチャンスはいくらでもあって、それでも、Nはそれらをひとつひとつ丁寧に引き剥がしていった。先行きはわからず、死ぬときは子や孫に手を取ってもらえず、渋谷の地下街に迷い込んだハトのように、もしかしたら通路の隅っこで野垂れ死ぬかもしれない。しかし、当たり前で予定調和のしあわせよりも、そのほうが面白いと思ったのだ。そのほうが五年後、十年後、二十年後の自分を愛せると思ったのだ。

いつまで経っても自分のことばっかり。それでも、まあいいや、と思う。どうせなにを言っても、なにをやっても、わがままだと言われるのだから、めいいっぱい大声でわがままを言ってやろうじゃないか。

Nは今日もデスクに向かって、仕事をしている。大声で電話して、大声で笑っている。目の前の道はたくさん枝分かれしていて、霧がかっていて見通しが悪い。どの道が正解なのか、そもそも正解なんてあるのかすらわからない。明日死ぬかもしれないと思いながら、Nは昨日までの自分が選んできた道を、どすんどすんと足でしっかりと踏み固める。そして、今日もゆっくりと足を進めていく。

USO

見えないアングル

丁寧な人

三年ほど担当していた出版社の営業担当から離れることになった。最終日にいくつかの編集部から花束をもらい、拍手で送り出された。編集の仕事はよくドラマになって華やかなイメージがあるが、ぼくたち印刷会社の仕事は編集者が「校了！」と喜んだあとが本番だ。いろいろなタイプの編集者がいて、抜けがあって雑だなあと思うこともしばしばあるが、それもひっくるめて、ぼくたちはプロとして奇麗に本を仕上げる。

花束を紙袋に入れて会社を出ようとすると、書籍編集部のNに呼び止められた。

「いままでおつかれさまでした。大変お世話になりました。楽しかったです」

Nはそう言うと、西光亭のお菓子と手紙が入った紙袋をぼくに渡した。

Nはいつも手紙をくれる人だった。手紙というのは大袈裟かもしれないけれど、仕事の簡単なやり取りのときは必ず一筆箋が付いていていた。

「この前はありがとうございました」

「すっかり寒くなりましたね」

いつもちょっとしたひと言だけど、手書きだからだろうか、それはいつもぼくだけに向けられた特別な言葉のように思えて嬉しかった。

花束の入った紙袋を両手にぶら下げて、赤坂見附駅に着くまでの急な坂道で、Nの手紙を開いた。ピンク色の封筒には「Iさんへ」と書かれていた。前に出張先で買った差し入れのお菓子が美味しかったとか、ミスをしてシール貼りをしたのが懐かしいとか、ちょっとした思い出話が便箋三枚に書かれていた。

よく見ると封筒の奥には小さな包みが入っていて、とても良い香りがした。自分の会社に戻り、デスクに座ってこの香りがする小包について調べると、どうやら文香というものらしい。キンモクセイの香りだろうか。こんないい匂いのする手紙は初めてだった。

ぼくはNの私生活を知らない。仕事以外の付き合いはないから、本当はどんな人なのかはよくわからない。だけど、きっとこの手紙のように細やかな気遣いができる人なのだろう。これからもNが担当した本は必ず買おうと思う。

秘密のある人

Nとは中学と高校が一緒だった。埼玉県南部にある私立の女子校で、県北部から通学する子は少ないこともあり、すぐに仲良くなった。好きな漫画やアニメが一緒で、共通の友だちもいたから、毎日一緒に電車で下校していた。よくふたりで『ガラスの仮面』ごっこをやった。懐かしい。

私は三姉妹の一番下で、祖父母も同居する大家族で育った。家族全員で七匹の猫を溺愛していて、PHSで撮った画質の悪い写真を、Nによく見せていた。Nはいつも笑っていたけれど、どこか寂しげな顔をしていた。Nはあまり自分のことを語りたがらないし、いろいろ話の断片をつなぎ合わせると、どうも母親がいないようだった。ご飯をいつも自分でつくっていると言っていたし、ワイシャツはいつもヨレヨレでアイロンがかかっていなかった。なんとなくだけど、家族のことを聞いてはいけないような空気を醸し出していたから、Nの家族構成は謎のままだ。もう二十五年以上の付き合いになるのだけれど、いまもちろん知らない。それでも問題ない。Nがどんな家庭環境で育とうと、たぶん私たちは仲良しのままだし、Nは一緒にいてストレスが少ない。学生のころは少し気を遣ったけれど、大人になったいまは、本当に、ふつうの友だちだ。

私はいま子どもが三人いて、国立に家も買って、そこそこな生活をしている。

「家も、旦那も、子どもも、車だってある。これはすごいことだよ。Kが羨ましい」

と、Nはいつも言う。Nは結婚してすぐに離婚したりして、たしかに私生活は滅茶苦茶だけど、私は仕事が充実しているNが少し羨ましい。私も結婚で仕事を辞めていなかったらどうなっていたのだろう。

私とNは二か月に一度、都心に集まってランチしている。なんでもない、たわいのない会話。子どもの話、お互いのパートナーの話、ペットの話。先月も新宿伊勢丹で化粧品を買うのに付き合ってもらった。これから子どもが手離れしていくだろうから、きっと、学生のときみたいに一緒にいる時間が増えていくのだろう。老後も一緒に楽しく過ごせたらいいなと思う。

人を見下す人

Nとはずいぶん疎遠になっています。大学時代の同級生だった彼女は、社会人になると朝から晩まで仕事をしていました。私は大学卒業後、すぐに結婚して子どもを産んだので、ずいぶん違う人生になってしまったように思います。

大学時代はとても親しかったんです。学部が一緒で、ゼミも同じ、広告サークルも一緒。ふたりでいる時間が、たぶん一番長かったように思います。ロンドンにいる私の親戚の家にも遊びに来たし、韓国旅行もしたし、卒業旅行でイタリアにも行きました。改めて振り返ってみても、これって結構、仲良しですよね。

距離を感じるようになったのは社会人になってからだと思います。仕事をしているNと専業主婦の私だと、生活する時間帯も違うし、私は子どもが小さいうちは家から出られませんでしたし、Nは土日も仕事をしているみたいでしたから、いつ連絡していいかわからなくて。十年前に夫の出張で和歌山に移ってからは、まったく連絡を取らなくなりました。毎年、年賀状を出しても返事はありませんでしたが、それでも近況を伝えようと送り続けていました。でも、それも数年前にやめました。私の子はもう大学生ですから、大学を卒業して今年でちょうど二十年です。時間が経つのは早いですね。

ひとつだけ、覚えていることがあります。和歌山に移ってからすぐ、当時私が住んでいた地域で、大型台風による河川氾濫がありました。大きなニュースになったせいか、心配したNが突然ＬＩＮＥを送ってきたんです。私の家は川から距離があったので被害を免れましたが、家族で避難所に行く準備をしていたときでした。

「家は大丈夫？」

Nのメッセージはひと言だけでしたが、私のことを覚えていたんだと少し驚きました。なんとなく苦手意識というか、いまとなっては住む世界が違うから、ちょっと見下されているのかな、なんて思っていたのですが、もしかして、ちょっとしたやりとりをするくらいなら大丈夫なのかなと思いました。前のような関係性に戻れたらいいなと、そのときは期待して何通かLINEを送りましたが、結局、一度も返信はありませんでした。一度もですよ？ ひどいですよね。ちょっと笑っちゃう。私のこと、もしかしたら当時も友だちだと思っていなかったのかもしれませんね。だって友だちなら、ふつう、こんなことしないでしょう？ きっと私のことを見下しているのでしょうね。

Nがいまなにをしているのか、元気でいるのかどうか、私にはわかりません。Nの性格からして、きっと詮索したら嫌がるでしょうし、連絡したってどうせ返信なんてありませんから。私から連絡することは今後ないと思います。

心を開かない人

「少し逃げていませんか」

担当のNはずけずけものを言うタイプで、これまで幾度となく心が折れそうになってきた。

「ハッピーエンドにしたら陳腐になってしまいませんか」

毎回、高円寺の古い喫茶店でNと打ち合わせをしながら作品づくりをしているが、ここまではっきり言われたのは初めてだった。Nの指摘は間違っていないけれど、最近少しスランプ気味なこともあって、すっかり心に堪えてしまった。でもたしかにその通りだと思う。自分の不甲斐なさを考えると泣けてきてしまった。

Nはよくわからない人だ。だけど、面白いときは目を見開くし、つまらないときは顔をしかめて「うーん」と言うからすぐにわかる。こう書くと、すごくわかりやすい人っぽいけれど、自分のことをあまり話してくれないせいか、なにを考えているのかがさっぱりわからない。月に二回、毎回三時間も向かい合って話しているけれど、心の奥が見えてこないのだ。

Nの心を開くにはどうしたらよいのだろう。なにかプライベートな話をすればよいのだろうか。あけすけに自分の恋愛話をするとか、家族の話をするとか。うーん。どれも私ばかりが空回りして効果はなさそう。話したくないから話さないのだろうから、そもそも心なんか開きたくないということなのだろうけど。

「Nさんは、彼氏とかいるんですか」

　次の連載の取材帰り、渋谷駅のホームで、思い切って聞いてみた。Nは少し驚いた顔をして、

「いませんよ、そんなの」

　と言った。私は「これは嘘だな」と思った。さすがに二年も一緒にいるのだから、少し引き攣《つ》った目の動きでわかる。それが嘘だとわかるのは少し寂しいけれど、話したくないのなら仕方がないか。また失敗してしまった。今度はお酒の場でNを探ろう。ああ、でもだめか。Nは酒がめちゃくちゃ強いんだ。鉄壁だ。

すげえ怖い人

　Nとは同じ時期の中途採用で入った同期だ。ぼくは雑誌編集部、彼女は書籍編集部に配属された。数十人しかいない小さな会社だから、部署なんていうのは便宜上あるだけで、企画会議は全員で参加するし、誰がどんなジャンルが得意なのかも知り尽くしていた。

　ぼくから見てNはそつがなくてつまらないやつだった。いつもいいデザイナーを見つけてきては、奇麗な本に仕上げる。でも、Nが面白いと思うことと、ぼくが思うものは違っ

ていた。ぼくたちはなにもかも正反対で、まったく趣味が合わない者同士だった。

あるとき、入社したばかりの新人が初めて企画会議に参加した。新人だから「お試し」な感じで企画をプレゼンしたのだけど、会社の人たちはみんな厳しくて、新人はお決まりの洗礼を受けて、ダメ出しの嵐になった。ぼくは「やれやれ、またか」と途方に暮れた。優しくしてやれよ。だから離職率が高いんだよ、この会社は。

夕方の会議を終えて、ぼくとNを含む若手が編集部に帰ってくると、新人ががっくりと肩を落としているので声をかけた。

「まあ初回だしね。徐々に会議の雰囲気がわかってくるんじゃない」

ほかの人たちも「しかたないよ」と言って新人を励ましたが、Nがそれを遮るように、

「つまらなかったからでしょ」

と言った。一瞬で場の空気が凍りついた。たしかにあまり面白い企画ではなかったけれど、なにもみんなの前で言わなくても。Nの言葉を聞いて、新人は泣き出してしまった。

「N、それはちょっと言い方が悪いよ」

「え、泣いてるの。じゃあ聞くけど、みんなは面白いと思ったの？」

Nはうっすら笑いながら、さっさと帰ってしまった。周囲はドン引き。怖ええ。どんな神経してんだよ。Nの企画だってたいして面白いわけじゃないだろ。むしろぼくから見た

ら全然パッとしないぜ？　だいたい、泣かせたならフォローしろよ。

後日、Nとたまたま帰りのエレベーターが一緒になり、最寄り駅まで一緒に歩いた。

「この前の会議のあとさ、あの新人さん、めちゃくちゃ泣いてたよ。あそこで帰ったらダメだろ」

と、言うと、Nは大袈裟にため息をついた。

「ああ、それ。みんなの目の前で泣くなんて、超絶かまってちゃんだよね。そういう人、まじでクソ嫌いなの。君も、私と同じ感覚だと思っていたけど」

「や、泣くのは俺もどうかと思うよ？　でもさ、N、口悪すぎだろ」

「企画落ちて、悔しいより悲しいが先にくるなんてダサすぎでしょ。どんだけ打たれ弱いんだよ。歯ァ食いしばって耐えろよな」

「昭和の体育会系かよ……」

駅でNと別れて、ぼくはため息をついた。たしかに自分が出した企画は、自分が最高に面白いと信じてあげないとダメなんだよな。みんなの前で泣くのは違うか。……いやいやいやいや、やっぱ、泣かせるのはよくないだろ。

ぼくは悶々としながら帰路に着いた。Nのことは嫌いではない。むしろ気持ちがいいやつだとは思う。でも一緒にいるのは怖い。Nはいまひとりで会社を立ち上げたという。ひとりの会社ならNに泣かされる被害者はいないだろう。平和が一番だ。

沈黙の人

従兄弟が亡くなったという連絡がきた。自殺だという。あの家は本当に呪われている。亡くなったのは叔父の子で、兄妹の「兄のほう」だ。最後に見かけたのは三十年前。この兄妹はふたりとも引っ込み思案で、親戚の集まりでも一緒に遊ぶのはおろか、話したこともない。だから三十年経ったいまの顔なんて想像もつかないし、薄情かもしれないが、亡くなったと聞いても「やっぱり普通じゃなかったんだ」と妙に納得してしまった。

兄のほうは、たしか重い喘息で学校にもたいして通っていないと聞いていた。中学生のときに親からそれを聞いて、そんな子が親戚にいるのかと驚いた。それを聞いたあとすぐに、あの家の母親が自殺したという報せが届いた。一般家庭である我が家はこの報せに驚き、まさか自分の親戚でそんなドラマみたいなことが起こるなんて信じられなかった。本当にあの家はどうかしている。どうやったら親子そろって自殺するのだろう。普通の家だったら絶対にそんなことにはならないはずだ。よほど家が殺伐としていたのか、愛情のかけらもない家なんだろうか。あの家の人たちと同じ血が流れているなんて、本当に信じられない。

葬儀はコンパクトだった。「妹のほう」がなかなか連絡がつかなかったことから、第一発見者である私の父が喪主を務めた。兄のほうの友人は、ひとりも来なかった。三十九歳で引きこもりだったから当然だろう。葬儀では三十年ぶりにあの家の妹のほうを見た。肌は青白く、背が高く、目付きが鋭い。表情もあまりない。自分の周りにはいないタイプだ。唯一連絡を取っていた私の母の話によれば、実家の埼玉よりも東京での暮らしのほうが長く、今日も東京駅から新幹線で来たのだという。

三十年間、話したこともないけれど、いちおう従兄弟だし、たったひとりの家族を亡くした彼女は見るからに憔悴《しょうすい》しきっていて可哀想だった。

「大変だったね。これからなにか大変なことがあったら声をかけて。親戚なんだから」

私が思い切って彼女に話しかけると、彼女はじっと私を見た。彼女はぺこっとお辞儀だけして、すぐに目を伏せて葬儀場の一番後ろのパイプ席に座った。よほどショックなのだろう。葬儀が進んでも、彼女は一度も声を発さなかった。親戚に近況を話すわけでもなく、誰かと故人の思い出話をするわけでもなく、ただ黙ってパイプ椅子に座っていた。

彼女を観察していてふと気がついた。彼女は遺体が入った棺桶に一度も近づいていないのだ。故人の顔を見ることなく、ずっと隅で、時間が経つのを耐えているかのようだった。

私は見かねて、

「ほら、挨拶したら。お兄ちゃん、奇麗な顔をしてるよ。もう最後だよ」

と、彼女に声をかけても、ただ下を向いて首を横に振るだけだった。

火葬場に移動し、いよいよ遺体が焼かれるときになった。火葬場はスケジュールが詰まっているようで複数の焼き場が稼働中だった。親族が順番に最後の挨拶をするとき、彼女はようやく棺桶に近づいて中を覗き込んだ。すると堰《せき》を切ったように大声で泣き始めた。

「お兄ちゃん！　お兄ちゃん！」

火葬場に響き渡るほどの大きな声だった。彼女は棺桶にもたれかかるように、人の目など気にしないかのように、振り乱して、ただただ泣いていた。その場にいた人たちはもらい泣きをしていたようだが、私は彼女の変化にただ驚くばかりだった。

結局、彼女と会話することなく別れた。ひとり残された彼女が心配だけど、私が彼女にしてあげられることはたぶんなにもないし、なにをしたら慰めになるのかもわからない。

連絡先も交換しなかった。次に会うのは親戚の葬式だろうけど、両親も兄も亡くなって親戚付き合いのない彼女と再び会うことはあるのだろうか。もっと人に頼って、もっと楽に生きたらいいのに。

Nの証言

字が奇麗だと心が美しそうに見える。手紙を書くと丁寧な人に見える。しかしそんなものは見せかけだ。どれもその人の一面にすぎない。頭が良くても人の気持ちがわからない人もいる。テストの点が悪くても感受性が高い人もいる。丁寧に、想いを込めて、不幸の手紙を書く人もいるのだ。

私やあなたは誰かにとってはいい人だし、誰かにとっては悪い人だ。親切過ぎる人はどうも胡散臭い。なにか裏があるのではないかと思う。裏がない人間などいない。みんなの前で笑顔の人は、自分の部屋で、職場のトイレで疲れている。私はいつも誰かを恨み、妬み、社会に対して憤っている。信じられないほど冷徹なときもあるし、気まぐれに親切にしてしまうときもある。損をしたくないから嘘もつくし、逆に自分が損をしてまでも無償の愛を注ぐこともある。品行方正とはいえない歪な人間だ。しかしそれは私だけではない。誰もが歪で、その歪さが人間らしさなのだろう。

人はわかり合えない。その人のすべてを理解するのは不可能だ。善も悪も角度を変えればあっという間にひっくり返る。知り合いの若い研究者が、最先端技術としてのテレパシーの研究をしている。脳波の動き、触覚などの感覚器官をつかって、他人をよりよく理解するために日々研究を重ねている。いつか誰かの心の中をのぞけるようになるのかもしれないけれど、まだもう少しかかりそうだ。

言語はあいまいだ。しかしあいにく現在の私たちは言葉や目に見える態度でしか思いを伝えることができない。それでも自分のことを誰かに伝えたいのならば、丁寧に、言葉を尽くして根気よく、粘り強く、伝えるしかない。

いい人なんていない。しかし裏返せば、悪い人もいないのだ。人を完全に理解するのは不可能だが、よく観察して生きていきたいものだ。

正月嫌い

クリスマスが過ぎて、今年も正月が近づいてきた。

「今日が仕事納めなんです」

「今年はお休みが長いですよね。どこかへ行かれるの」

「実家に帰ったあとに、子どもを連れてユニバに行くんですよ。これが大変で」

「あらまあ、いいじゃないですか。良いお年を」

「良いお年を」

年の瀬になり、仕事仲間たちとのしばしの別れ。みんな年末年始に充電して、また年始から通常営業になる。

今年も終わりか、なんて思いながら、パソコンのデスクトップの整理をしていると、パートナーがひょっこり現れて「正月は宮崎に帰省するから」と言う。

「正月とは、いつのこと？」

「大晦日から五日まで」

私はひとりで過ごす正月を想像してみた。そして身震いをする。

「あなたは、私をひとりにさせる『重み』をわかっていない」

パートナーは、猫を抱いたまま、なんのことやらとポカンとしている。私は「ひどい、ひどい」と言って、泣いた。

「紅白も、正月朝のお笑い番組も、箱根駅伝も、ひとりで観ろっていうのね。すごく寂しいんだけど。あなたはもっと想像力を働かせるべきだわ」

結局、抵抗も虚しく、パートナーは家族のもとへ帰っていった。これは、なかなかの、面倒くさい女だ。

私は正月が嫌いだ。一年で一番、孤独を感じる。

多くの人にとって、年末から正月にかけての一週間は「仕事を休んでもよし」「家族とゆっくりするべし」という時間だ。初詣に出かけたり、おせちをみんなで食べたり、遠い親戚に会いに行ったり、ユニバに行ったり、いままで仕事を一緒にしてきた仲間たちが散り散りになり、それぞれの巣に帰っていく。

足取りの軽い仲間たちを見ていると、私はどんどん憂鬱になる。誰もいない廃墟となった実家に帰っても仕方ないし、子どもは元夫の実家に行くし、パートナーは宮崎の実家に帰るし、「はいはい。どうせみんな巣に帰って、団欒《だんらん》するんですよね」と投げやりになる。でも、妬んだら自分がかわいそうな人みたいだから、ここ数年の正月は友人と清水ミチコの武道館公演に行って、「みっちゃ――ん！」と叫んで、げらげら大笑いしている。ライブの帰りには飯田橋の大阪王将で閉店まで飲む。ビールと唐揚げ、青菜のガーリック炒め。どうだ、楽しそうだろう。

私に対して、「おまえはひとりだ」「家族なんておまえには贅沢だ」なんて、わざわざ言いにくる人はいない。誰も個々の事情なんて汲んでくれないし、そもそも、みんな私になんて興味ない。そんなことはわかっているのだけど、毎年、正月になると、どうしようもなく寂しい。

年末に友人とご飯を食べていて、年末年始をひとりで過ごすと話したら、「えー、うらやましい。旦那の実家なんて行きたくない」と言われた。

「大変ねえ。毎年、子ども連れて帰るんでしょう。すごいすごい」

「あー、たまにはひとりになりたい」

「そんなものかね」

「そんなものよ」

親の介護もないし、身軽な私がうらやましいという。

元日の午後、ひとりで自由が丘に散歩に出かけた。自宅を出て、奥沢の大蛇通りを歩く。奥沢神社までは一本道で、目の前には初詣に向かう一組の家族連れが歩いていた。シュッとして背が高い父親は、なんだか私服がぎこちない。「普段、スーツを着て働いているんだろうなあ」なんて妄想しながら眺める。母親の上品なコートと、賢そうな女の子のワンピース。父親は女の子の手を引いている。品のいい家族を見て、「でた！　しあわせ家族！」と頭のなかで茶々を入れる。でも、この家族だってきっと喧嘩するし、家庭の事情なんて当人以外はわからない。

大渋滞の奥沢神社に吸い込まれていく家族を見ながら、自由が丘へ向かう坂を下りていく。お店がどこも空いていなくて、コンビニでホットコーヒーとアイスを買って帰った。

悲しくて、寂しい人のふりをすると、誰かに同情されて、わがままも許されたりする。一瞬、特別な人のように勘違いして、どんどん周りが見えなくなっていく。でも、特別な人なんていない。奇麗な人も、かっこいい俳優さんも、奥沢の品のいい家族も、元日に働くコンビニの店員さんも、私も、どこかで寂しさを抱えて生きている。なにをしあわせと感じ、なにを不幸と感じるのか。それは受け止める本人次第だ。

なんて強がって見せても、あまりにステレオタイプなしあわせを見せつけられると、頑張る気力がなくなってくる。いつもなら頑張れるけど、正月は頑張れない。だから私は正月が嫌いだ。

パートナーが宮崎からのこのこ帰ってきた。お土産は「青島せんべい」。「もっとさあ、おつまみ系とか、お酒とかあるでしょう」

呆れて言うと、どうも自分用のおやつとして買ってきたらしい。

「悶々と正月を過ごしていた」のは、私のあるときの瞬間を切り取っただけで、本当は、夜に『相棒スペシャル』を見てハラハラし、箱根駅伝を楽しみ、武道館でさんざん大笑いしていた。私がひとりでも十分楽しめる術をもつことを知っているパートナーは、「あー、はいはい」と言って、何事もなかったかのように仕事を始めた。

また今年も憂鬱な正月を乗り越えることができて、ほっとしている。しかし来年の正月も私は「寂しい」と戦うのだ。来るなら来い。のぞむところだ。

朝、虎ノ門で仕事を終える

雑誌の撮影のために、早朝から虎ノ門に向かう。某スポーツ飲料のタイアップ記事を依頼され、朝からモデルさんがピラティスをする様子を取材してほしいのだという。私の本業は書籍編集者だが、さまざまな記事を書くライターでもあり、雑誌のなかの漫画の部分だけを担当する漫画編集者でもある。ときにはSF作家の担当編集もするし、ワークショップのファシリテーターも務める。誰も私の仕事の全貌をわかっていないし、誰も「あの仕事」と「この仕事」をしたのが同じ人だと結びついていない。私はアイデンティティの使い分けをしているようで、実はその状態をとても楽しんでいる。

大井町線の緑が丘駅から電車に乗り、自由が丘駅で東横線に乗り換える。朝から電車は激混みで、席はぎゅうぎゅうだ。みんなのコートが分厚くて、薄着ならもうひとりくらい座れるんじゃないかと、吊り革につかまりながら座席を恨めしそうに眺める。そうこうしているうちに中目黒駅に着いて、日比谷線に乗り換える。東横線は通学の若い子もいるけれど、日比谷線は急にスーツを着たオフィスワーカーが増える。六本木や虎ノ門はいわゆる意識の高い人たちが多いせいか、みんな車内でビジネス書や英語のペーパーバックを読んでいたりして、朝から自己実現のための自己投資っぷりに、見ているだけでくらくらしてしまう。でも、自分の駅に到着すると、顔を上げて電車を降りて地上への階段に吸い込まれていく。みんな同じ動きをするから、見ていて面白い。

年に数回、こうした通勤電車に遭遇する。朝の時間、スーツを着た彼らの足に迷いはない。みんなどこかの会社に所属し、なにかの仕事をして、お給料をもらって、今日も当たり前に「生きている」ことを疑うことはない。存在について悠長に考えている暇もなく、社会に溶け込んでいる。

かくいう私も会社員時代は長く、十五年間いくつかの出版社を転々とした。しかし独立してからずいぶん時間が経つせいで、ランチのためにオフィス街を徘徊したり、ホワイトボードに「打ち合わせNR」と書いたり、なんとなく空気を読んで笑ったりすることは、すっかりなくなった。こう書くとまるで引きこもりのようだが、月に数回は新幹線や飛行機に乗り、日本中を駆け回って過ごしている。個人で仕事を請けているぶん、会社員の人との生活のリズムは異なるし、たぶん朝の決まった時間に通勤電車に乗る人よりは忙しく過ごしているのではないかと思う。でも、ときどき、この不規則な仕事を下に見てくる輩がいる。それはそれで好きにすればいいのだけれど、たまに、ぶん殴ってやりたくなる。

「女性は仕事で舐められるから」

と、私がもっとも尊敬するイラストレーターに言われたことがある。

「でも、私は女性だからもらえた仕事もあるし、私はそれでいいと思ってる。だから強《したた》かにやっていくのよ」

彼女は「良い仕事」で周りを黙らせてきた。かっこいい。私もそうなりたい。

私もよく舐められている気がする。先日も、私の会社のインターン面接で、足組みをされ、机に両肘をつきながら「ま、そうっすね」という受け答えを学生にされたときは、「おお！　こいつ私のこと舐めてる！」と興奮を覚えた（丁寧にお断りさせていただいた）。

しかし私も私で、あえて舐められたいフシがあり、まんまるのメガネをかけているのは「舐められ誘い」をしているところもある。人はすぐに見た目で判断する。私は丸いメガネをかけて愉快な人を演じながら、いつか百倍くらいにして返してやるからな、と心のなかで煮えたぎるような憎悪を燃やしている。新卒のときに感じた「女の子扱い」への恨み、喫煙所で交わされる謎の密約への（非喫煙者ならではの）恨み。たくさんの恨み、怒りが、仕事への原動力となる。これは言い換えれば闘志である。

なんて、悶々としながら、朝の電車の中の人々をじっと観察していた。私が朝から暑苦しい闘志を燃やしていることに気づく人はいない。結局、虎ノ門で撮影が終わったのは朝の九時半だった。街はまだ朝が続いていて、堅気ではない雰囲気のフォトグラファーとふたり、虎ノ門にポツンと残された。仕方がないので、途中のセブン-イレブンのコーヒーを飲みながら、神谷町までふたりでとぼとぼと歩いた。途中、黒鳥社の前を通りがかり、中を覗き込むが、朝の九時半には誰もいない。なんならついさっきまで働いていて、長い一日を終えて帰宅したばかりではないだろうか。

この時間に仕事を終えて帰ろうとする私と、これから仕事に向かう人たち。どの仕事が偉いというわけでもない。みんな生きるためにこの社会のシステムに乗っかって働くしかないのだ。

フォトグラファーに、私がひとりで仕事をしていると話すと、

「へー、楽しそうっすね！」

と、言われた。「楽しい仕事」をするためには、社会を隅々まで知らなくてはいけない。自分の欲望と社会が結びついていないと、ひとりよがりの仕事になってしまうからだ。仕事の大小はさまざまだが、私は自分でやりたいことを実現するために起業し、重たい責任を好んで背負い、好きな仕事で稼いだ金で、好きなことをしている。世間から見たらお気楽な道楽に見えるかもしれないが、この小さな商いが、誰かの人生に寄り添えたらそれで

いい。なんて、きれいごとを言っても説得力はないから、結局は「良い仕事」を続けていくしかない。

冬が明けるとまた忙しくなる。その前に、猫でしっかり暖を取ってから、今日は少し多めに眠ることにする。

遠くに住んでいるあの子

小学生のころ、雑誌「プチバースデイ」のペンパル募集をきっかけに、大阪府箕面市の咲子ちゃんと二年くらい文通していた。

当時、「プチバースデイ」をはじめ、多くの雑誌では誌面に文通希望者の住所を載せていた。個人情報保護なんてなんのその。プロフィールを見て気になる子がいたら手紙を送って文通が始まるシステムで、編集部は一切関与しない。私は結局、全国津々浦々の自称同い年の女の子五人と文通していた。そしてだんだん文通相手は淘汰されていき、最後に残ったのが咲子ちゃんだった。

私は字もろくに書けないころから、手紙を書くのが好きだった。幼稚園にはほとんど通わなかった。「どうして通う必要があるの」と生意気を言って、本当はクラスの女の子たちとのコミュニケーションの仕方がわからずに、言葉を発することができなかったのだ。ちなみに私が幼稚園で言葉を発したのは本当に数言で、「どうしてこの子、話さないの」と面と向かって言われた記憶がある。私は幼稚園で気の合わない子と話すよりも、切手を貼ればどこへでも飛んでいける手紙のほうが好きだった。

小学校に上がると「りぼん」の付録のレターセットや、たまに行く八木橋デパートで買ってもらうレターセットを集めては、母へ、そして母方の祖母へと、たくさんの手紙を書いた。まだ見ぬ誰かに向けて、風船に手紙をくくりつけて何度も何度も飛ばした。もちろん風船はすぐに割れて、近くの田んぼに落ちてしまう。それでも、いつもいつも手紙を書いていた。

咲子ちゃんとの文通は二週間に一度くらい。そして私は咲子ちゃんへの手紙に、嘘を書いて書いて書きまくった。

大都会に住み、家にはグランドピアノがあって、父はイケてる商社勤務で、母のピアノはプロ並み。手紙に書いてある私は、絵に描いたようなしあわせな小学生だった。それでも、私が私であることを伝えたかったから、たまに本当の学校生活のことも書いた。たくさんの嘘と、少しの本当。うまく整合性を取りながら、バレないよう、文通が自然消滅する最後まで、私はイケてる関東の小学生を見事に演じ切った。バレない嘘は嘘ではない。これが小学生のころに学んだ一番の処世術だ。

数年前、飲み会で「野口さんってサイコパスっぽいよね」と言われた。担当している作家も同席していて、彼女が涙を溜めながらつらい体験をとうとうと語るのを聞き、笑顔で「面白い話ですね」と言ったからかもしれない。私は「共感できる」「わかる」なんていう無責任な言葉を軽はずみには言えない（ちなみに私の卒論は「ショーペンハウアーの同情『mitleid』について」だ）。

家族でもない彼女に対して、私ができることは、それを面白いと気づかせて作品に描いてもらうことだ。それが私が彼女にできる唯一のことだ。心に傷を抱えている人は、平坦な人生を歩む人よりもよっぽど楽しい。だからあのとき私は「面白い話ですね」と言った。嘘をつかずに向き合うために。

八年前、先輩編集者である落合美砂氏と酒を飲んでいた。当時、私は別居していて、珍しく私生活について話していると、

「人生は攪乱《かくらん》要素があったほうが楽しい」

と、言われた。

「私みたいに結婚もしないで六十歳にもなると、老後がヒマなのよ。結婚とか離婚とかして、あっちの親はどうしたとか、子どもがどうとか、そういうめんどくさそうなことがないと人生はつまらないのよ。私は攪乱要素をもっと増やせば良かった。だから、離婚でもなんでもしなさいよ」

落合氏は泥酔していたので、きっと覚えていないだろう。相変わらず言っていることはメチャクチャだが、不思議と私にのしかかっていた重石《おもし》がとれた気がした。そう、私はこんなことを言う、女であることを隠そうとしない彼女が大好きなのだ。

おかげで、私はこのあとの未来が楽しみになった。父も母も四十代で亡くなったから、私は老いていく自分の顔が想像できずにいたのだけど、偏屈ばばあになって喚き散らして

いるであろう未来の自分の姿が想像できて、妙に可笑しくなった。

生きていくのは辛い。人生はいつでも葛藤だ。でもいまは人と話すのが楽しいし、仕事も面白いし、飯も酒も美味い。そう思えるうちは、まだ生きていていいのかなと思う。

自由の証

「あしなが学生募金」が嫌いだ。もちろん、それで救われている人もいるのだろうから良いものなのだろうが、駅で「(私は可哀想なので)募金してください」というあの横一列を見るたびに、胸くそ悪くなって目を逸らしてしまう。あの会には、どうも定期的な集まりがあるらしいのだが、それも傷の舐め合いみたいで嫌だ。私は勉強が好きで、ありがたいことに返済不要の奨学金を組み合わせて大学に通うことができたから、「あしなが学生募金」に世話になることはなかった。私は運が良かった。

心が大人になるのは早かった。いまでも覚えているのは、合格した高校の制服の寸法を測りに、熊谷から高崎線に乗って浦和の伊勢丹に行ったときのことだ。周りを見渡すと、親子連れ、なんなら一家全員で来ているような家族ばかり。私は、新しい制服にきゃっきゃと浮かれる同級生たちを横目に見ながら受付に行くと「ひとりで来たの⁉」と驚かれた。たしかに中学生がひとりで来たら、そういう反応になるよな、と思ったのと同時に「もう大人にならないといけないんだ」と強く感じたのを覚えている。

中学三年生だって高校の制服を頼むくらいできるし、願書を取りに行くのも、高校の入学手続きだって、私ひとりで十分。父には入学金の振り込みだけお願いした。父から「振り込み完了控え」を受け取り、封筒に入れて返送するだけ。別にたいしたことはない。そうやって社会とつながるための、たいていの手続きはひとりでできるのに、最後にはいつも「成人ではないから」という理由で保証人を求められるのが嫌だった。身体を壊し、心を病みかけた中学生に手を差し伸べる大人はひとりもいなかった。クラスの担任も、保健の先生も、葬式に来た坊主も、行政も、優等生で嘘が上手な私に声をかける人なんていなかった。

大学で東京に上京したころは、兄は無職だし、父も亡くなっていたから、よけいにややこしかった。家を借りるときは大嫌いな伯父の名前を書かなくてはならず、不動産屋には「苗字が同じ保証人はいないの？　別の苗字だと、愛人だと思われるから」などと言われ、絶句した。あのころの不自由さに比べれば、いまは自由で最高だ。

今日も吉祥寺のルノアールで

四十歳を過ぎたころから、どんどんふてぶてしくなっている。仕事の後輩から「先輩、占い師みたいっす！」と言われたときは、どっしりと構えた沼の主のように語る自分の姿が頭に浮かんで、これは大変だ、と思った。とはいえ、私にも初々しい新人のころがあった。

私が編集者になったのは母親の影響が大きい。母は毎週図書館で貸し出し上限いっぱいまで本を借り、その週のうちに読み終え、また次の週に同じぶんだけ借りるという読書家で、私は中学校に上がるまで、ほとんどの週末を母とともに図書館で過ごした。

そうなれば、私もさぞ読書家だろうと思われるだろうが、けっしてそんなことはない。

十代のころの記憶はほとんど記憶の彼方へ行ってしまったが、「本に救われた」というようなな美談を持ちあわせていないのだ。「貪るように本を読んだ」というエピソードのひとつやふたつ欲しいところだが、読書はそこそこ。谷川俊太郎や銀色夏生のロマンティックな詩に没頭したし、初めて読んだ雑誌のインタビュー文体に驚き、憧れもしたが、どれもこれも得意げに語れるほどではない。

家に居場所がない思春期の私は、週末になるとひとりで渋谷駅から新宿駅まで歩いていた。熊谷から渋谷までは高崎線で一時間半、往復だと三時間。ポータブルCDプレイヤーと二十枚ほどのCDが入ったファイルをリュックに詰め込み、イヤホンで音楽を聴きながら仏頂面で歩いていた。九十年代はコギャル全盛期だったが、私は地味でニキビだらけで、笑顔のない田舎娘だった。

目的地もなければお金もない。だから渋谷からなにも考えず、ただ歩いていた。もしかしたら歩く場所は東京でなくてもよかったのかもしれない。とにかく「ここではないどこか」へ行くことだけを考え、全然知らない場所で、ただ頭を空っぽにしたかった。

歩きながらいろいろなものを見た。デビューしたての蜷川実花のサイケデリックなイチゴの写真、サイン会で山田詠美が真っ黒に日焼けしていたこと、佐内正史がマニキュアの代わりに黒マジックで爪を塗っていたこと、青森から上京したばかりのスーパーカーは演奏が下手くそすぎたこと。東京で友だちをつくるわけではなく、いつもひとりでいろいろな東京を見た。家が落ち着く場所ではない私の周りはいつも灰色だった。東京の光だけがキラキラと輝いて見えた。


大学を卒業すると編集者になった。とはいえ希望していたカルチャー誌を取り扱う出版社は軒並み惨敗。いま考えると、斜に構えた新人編集者など役に立たないから当然だ。かろうじて入社できたのはコンピューター系の書籍を出版する会社で、私はゲーム部門、いわゆる攻略本を出版する部署に配属された。

「兄がいますのでFFやドラクエは全部やっています」

「FFはいくつまで？」

「テンツーまでです」

「よし、合格。うちの編集部で」

と、部長面談で話したのを覚えている。あとから聞いた話によると、配属先は書店営業部かエンタメ編集部かの二択だったらしい。「テンツー」という小慣れた言い方が、部長の心に響いたと配属後に冗談混じりに伝えられた。

配属された編集部はゲーム雑誌、エロゲー雑誌、攻略本という雑誌と書籍編集部が一緒くたになった部署で、総勢百名の編集者が在籍していた。オタクエリートな男性が約九十五パーセント、数少ない女性は腐女子っぽい人たちだ。

会社のシャワー室から出て、茹で上がった徹夜明けの編集者がうろうろしていることに慣れてきたころ、ふたつ先の島にいる編集者が過労死した。私は「とんでもないところに来てしまった」と焦った。実際、仕事は忙しかった。つねに五、六冊の進行を管理して効率よく校了まで導いていく。慣れるとルーティンになり、来る日も来る日もゲーム会社への接待。攻略本のゲームタイトルが決まれば編集プロダクションに作業を丸投げする。

それなりに仕事を楽しんでいたが、はたしてこれが自分のやりたかったことなのかはわからない。大学と並行して通った編集学校で学んだ「著者への執筆依頼」などはまったく役に立たず、ゲームというコンテンツの二次著作物をつくり続けていても、結局自分ではなにも生み出せていない気がする。そしてそれに気がつくと、また「ここではないどこか」に行きたくなってしまう。

結局二年でこの出版社を離れることになるのだが、退社する半年前くらいから部署の仕事はそこそこに、毎日、架空の雑誌の企画や、いつかつくりたい書籍の企画ばかりを一心不乱にメモしていた。仕事が楽しくなくて、こんなにやりたいことがあるのに実現できない状況に不満ばかり感じていた。ある日、仲の良かった業務部の年配の男性に「最近、大丈夫ですか？」と声をかけられた。どうも私の不満は外に漏れ出していたらしい。その言葉をきっかけに私は転職を決めた。

激務の出版社にいたおかげで、若い割に経験があると見なされ、「活きのいい第二新卒」として転職が決まった。入社してすぐ、漫画連載を立ち上げる任務を仰せつかった。漫画は比較的読むほうだったが、漫画編集なんてものは誰にも教わったことがないし、周囲を見渡しても教えてくれる親切な編集者などひとりもいなかった。

そんななかで大手版元の漫画雑誌で連載をしていた青山景という漫画家が目に留まった。

彼の描く女の子が抜群に可愛かったからだ。所属していた編集部は男性読者が多かったから「かわいい女の子」が描けた彼は編集会議ですぐにGOが出て、上司の伝手で連絡先を入手し、すぐに会いに行った。彼が指定した待ち合わせ場所は、吉祥寺駅公園口を出てすぐ二階にある喫茶室ルノアールだった。

私は編集長とふたりで吉祥寺のルノアールにやってきた。それまでゲーム編集部にいたせいで、作家と打ち合わせをしたことなどほとんどない。初めて入ったルノアールはタバコ臭くて「げえぇっ」と思ったのを覚えている。

彼は店に入って奥の窓際に座っていた。色白で、風に吹かれて飛んでいってしまいそうなほど線が細く、ギリシア彫刻のような美しい顔をした青年だった。私よりも二つ年上で、美大を卒業後に大手版元の漫画賞を受賞してデビューした、いわゆる「気鋭の漫画家」だ。

漫画家にとって漫画雑誌以外の媒体に描くことは、単行本になる保証もないし、単行本になったところで書店の漫画コーナーにはその出版社の「棚」がないから、よほど原稿料が高い媒体でない限り、描くメリットはほとんどない。唯一利点があるとすれば、普段、漫画雑誌を読まない層に届けられるから、目立てるということ。だから、この連載に興味を示してくれたということは、少し遊び心をもった人なのだろうと感じていた。

「私は漫画の編集はやったことがないので、すみません……。いろいろ教えてほしいです」

初々しい私がもじもじと下を向いて話すと、彼は「ははは」と少しだけ笑った。

「かわいい女の子を登場させてほしいです」

「雑誌の読者層は二〇代が多いから、大学生くらいの主人公でもいいかも」

「ボーイミーツガールがいいですね」

そんな話をして、その場は別れ、後日プロットを読ませてくれることになった。いまでこそ漫画の編集はデータでのやりとりが多く、ネームも原稿もメールを使ってやりとりをしているが、ほんの十数年前までは、作家に「〇日にネームは上がりそうですか？」「原稿は〇日にアップできますか？」と頻繁に電話していたものだ。そして「直接会う」「自分の足で原稿を取りに行く」が基本だった。

もちろん彼とのコミュニケーションのほとんどは電話。待ち合わせはガラケーのショートメールで行った。ＰＣでメールのやりとりをしたのは、連載がまとまって単行本が発売されたあとの、ほんの数回だけだ。

スタートした連載は「過去に女優をやっていた女の子に出会い、恋をする大学生の男の子のお話」で、過去と現実が混同していくストーリーだった。隔月誌の連載で、ひと月でネームを描き、もうひと月で仕上げる。だから毎月二、三回は吉祥寺のルノアールに向かう。

当時はびっくりするほど漫画のことがわからなかった。「ネーム？　アンチＧ？　歯送り？　キャラクターの動き？　オチ？　お話をどう締めるのがいいの？」

いつも吉祥寺のルノアールでうんうん唸りながら、漫画家の目の前でネームを読む。私がネームを読んでいるあいだ、彼はずっとタバコを吸っている。

そして決まって「野口さんは漫画がわからないんだもんなあ」と言い、「いつもぼくはネームはもっと雑に描いているんだけど、この連載だけちょっと丁寧に描いているんです」と付け加える。私はその「丁寧」の度合いもよくわからなかったが、いまにして思えばネームにはしっかりと人物の表情まで描き込まれていた。

「ヒロインがしゃがんでいるポーズはめちゃくちゃかわいいから、もう少し大きなコマがいいと思います」

「ヒロインが飲んでいるのは牛乳より、いちごみるくのほうがかわいいと思います」

二年間の連載のなかでの指摘は「かわいいか、かわいくないか」ばかり。あれこれ言葉にしたけれど、それがすべて伝わったとは思っていない。ルノアールで過ごした時間の大半は仕事とプライベートをごちゃまぜにした話をしていた。

「ごはん、ちゃんと食べてますか」

「舞城王太郎の、新しいやつ、読みました？」

いつも私が一方的に、機関銃のようにひたすら捲し立てるように話していた。彼はいつも、なにを言っても「はは」「それは大変でしたね」と落ち着きを払っていた。足を組み、目を細めながらタバコを吸い、本心が読み取れない。私には、その間が耐えられなかった。

流れる空気の隙間を埋めるように、私は話し続けた。

しかし次第に私は彼の弱さも知ることになる。

吉祥寺にはたくさんの漫画家が住んでいるから、私は彼らに引き合わせようと何度か飲み会に誘った。漫画家だけでなく、ミュージシャンの卵など、さまざまな人がいる場所。そういう場所で、彼はいつも居心地が悪そうだった。話しかけられない限り、自分からは話さない。目を伏せて、静かに時間が経つのを待つ。二次会には行かず、すぐに帰宅する。

私も集団のなかで話すのは得意ではなかった。仕事柄、どうしてもいろいろな人をつなぐこともあり、飲み会には参加するが、極力ひとりでいたいと感じていた。

「ぼくはそういうの苦手だから」

そのうち、彼は誘っても来なくなった。居心地の悪そうな様子を見て、私は少しだけ安心した。

「なんだ、私と同じなのか」

彼は仏頂面で東京を歩いていたころの私のようだった。どこにいても居心地の悪さを感じ、なにもない空っぽの自分を寂しいと思っていた私に、少しだけ似ていた。

結局、打ち解けるのには一年近く時間がかかった。きっかけは覚えていないが、「一度、腹を割って話そう」と、ルノアールでの打ち合わせのあと、ふたりで酒を飲むことにした。そして、政治のこと、好きな作家のことをポツポツと話した。それ以降の打ち合わせでは、ルノアールのあとは居酒屋に移動して、酒を飲むのがお決まりとなった。私はいつも静かに彼の話を聞いていた。

連載が終盤に差し掛かったころ、ネームの吹き出しの鉛筆の文字がいつもと違うことに気がついた。女の子っぽい、ちょっと丸っこい文字。とにかく彼の字ではない。アシスタントは雇っていないはずだから「もしかして彼女でもできたのかな？」と思った。

私はいつものルノアールで、

「いつもと文字が違いますね。誰か別の人が書きました？」

と聞いた。

「そうですか？　気のせいだと思いますよ」

という、とぼけた答えに対して、私はそれ以上詮索しなかった。いつもよりも表情が明るい感じがしたからだ。あとから聞いた話によると、どうも共通の知り合いと付き合っていたらしい。それは彼が亡くなって、数年経ってから知った。

私が依頼した連載は無事に終わり、単行本化するまで携わった。そこから一年以上経ち、私は会社が変わりながらも次の連載を立ち上げるべく、半年に一度くらいのペースで顔を合わせていた。

最後に届いたメールは、「男性だから、女性だからと、すぐに言う野口さんはおかしい」という内容だった。酔っていた私はメールでジェンダーにまつわる議論をふっかけていたらしい。メールの返信があったとき、私は上機嫌で酔っ払いながら、深夜の新宿三丁目を歩いていた。夜風を浴びながら、メールを見て「めんどくさい」と思って返信しなかった。ひどい話だ。

それから数か月後、編集部から電話がかかってきた。「亡くなった」という言葉を聞いて、携帯電話を耳に当てたまま、膝に力が入らなくなって、ペタンと床に膝をついた。悲しいと感じる前に、不思議とぶわっと涙が出てきた。というところまでは覚えているけれど、そこから先、その夜をどう過ごしたのか、私の記憶はすっぽりと抜け落ちている。

彼の死はニュースになった。人気雑誌で連載をしていた作家の自殺。いろいろなニュースが飛び交った。亡くなった本当の理由はわからない。遺書めいたSNSの投稿があったが、それに気づけなかった私はいまでも後悔している。葬儀は親族だけで行われた。私はニュースで飛び交う彼の名前の字面を眺めながら、一か月くらい抜け殻のようになっていた。

「納骨した」という連絡が来たのは亡くなって数か月後だった。その連絡をきっかけに、各漫画誌の担当編集者が思い出を語る会を開催することになった。その会には彼の母親も駆けつけ、どんなふうに漫画を描いていたか、どんな人柄だったのか、自分たちが見てきた生前の姿を穏やかに語らいあった。

「いつも繊細な感じで」

「声がちょっと小さくて」

そんな言葉が飛び交うのを聞きながら、私は、あれ、と思った。私に見せていた表情と、他誌の編集者に見せていた印象が少しだけ違う。見渡すとみんな年上の編集者たちばかりで、私が一番年下のようだった。みんなの話を聞きながら、なるほど、彼は私の前で先輩ぶっていたのだなと思った。

「足を組んでタバコを吸っていたのは、もしかしてカッコつけていたのかも」

新宿で編集者たちと別れ、都庁の横をとぼとぼ歩いていた。私は彼を想ってこそばゆい気持ちになり、それから行き交う人にバレないように、マフラーで真っ赤になった鼻を隠すようにして、少しだけ泣いた。

彼が亡くなって十年以上経った。

私はときどき彼の墓参りをしている。命日でもなんでもない日の夕方に、ひとりでこっそりと行く。墓地は西武池袋線沿線にあり、普段乗らない電車に揺られて、駅前でお花を買う。霊園の入り口で借りたバケツとほうきをぶら下げながら、だだっ広い霊園をひとりでとぼとぼ歩く。霊園は緑に囲まれ、見晴らしがよく、風が抜けて気持ちがいい。

「こんなところに毎日いるなんて最高だな」と考えながら、いつも少しだけ涙ぐむ。迷路のような霊園を五分くらい歩くと彼の墓がある。墓石には漫画のキャラクターが刻まれている。墓石に水をかけて、古い花を取り替える。ほうきで掃いて奇麗になったら手を合わせて、また少し涙ぐむ。いつも変な時間に墓参りをするから周りには誰もいないし、思いっきり泣いてもいいのだろうけど、カッコ悪いから、ぐっと堪えて、とぼとぼ帰る。
私は会社を立ち上げたとき、兄が自死したとき、考えがまとまらずにもやもやしているとき、彼の墓参りに出かけた。毎度、涙ぐむのは彼らがこの世にいないからではない。ふがいない自分が情けないからだ。新しい一歩を踏み出すのに墓参りがちょうどいいのだ。万が一、霊的なものがプカプカ浮かんで空から私を見ているなら、私がお墓を、自分を鼓舞するために都合よく使うことに苦笑いをしていることだろう。

どうして私の周りの人はバタバタと死んでいくのだろう。四人家族のうちの二人が自分で死を選んだ。初めて担当した作家もいなくなった。突然誰かがいなくなることを何度も経験してわかったことは、人は亡くなり、肉体が朽ちれば無になるだけだということ。それは十分過ぎるほどわかっているのだけど、たまに、もう二度と会えない人たちのことを思い出しては、こっそり泣いたりする。

私はみんなが恋しくて、恋しくてたまらない。しかしこの恋しさこそが、彼らが私のなかで生きている証なのだ。今日も私のなかで彼らは元気に過ごしているかと思うと、思わず笑ってしまう。

吉祥寺駅公園口を出てすぐのルノアールはいまでも健在で、私が新人だった二十年前となんら変わっていない。私は吉祥寺に行くたびに、二階のルノアールを見上げる。窓際の席にはいまでも気だるそうに、目を伏せて、美味しそうにタバコを吸う彼がいる。足を組みながら私がつくった本をめくり、目を細めて笑ってくれている。

大切な人はもういない。でも、私のなかに、たしかにいる。それでいい、それで十分、と私は思う。

太く、長く、濃く

自殺のニュースが世間を騒がせている。

考えてみたら私は基本的に悩みがない。日々爽快に生きている。原稿でミスをしたり、取材でトンチンカンなことを言って失敗したり、理不尽なことに怒ったりしても、それを悩みだと思わない。十代のときに悩みすぎたのだ。あのころのつらさに比べたら、あのころに感じた強烈な悲しみに比べたら、いま起きていることなんてふわふわとした綿毛のような悩みで笑ってしまう。

文章を書くようになって、読者の方から「自殺を容認している」と言われたことがある。

そんなことを言っているつもりはないんだけどな。こんなにじめじめした文章を書いているのは、もう二度と会えなくなってしまったことを悲しんでいるからなんだけどな。私の選ぶ言葉や表現がふさわしくないのだろう。伝わらなくて、寂しい気持ちになる。

たまに「死にたい」という若者から連絡をもらうことがある。「死にたい」と思って、赤の他人の私に連絡するくらいの勇気があるなら、あなたは生きていけるよ、大丈夫、と思う。

そもそも自殺するようなやつらは想像力が足りていない大馬鹿者だ。私の母も、兄も、愚かだ。母の死から三十年経っても、私は母を想い、涙を流している。私の心は傷ついたままだ。十五歳やそこらで母親が自殺して、健全に育つわけがないだろう。私はこんなにも歪んで育ってしまった。お母さん、あなたが死んでから、お父さんは病気になって、お兄ちゃんも自殺したのよ。遺された人がどうなるのか、想像すればわかるでしょうに。

死にたいと思ったら、たくさんのことを想像してほしい。何十年経っても、ずっと傷が癒えず、苦しむ人がいるのだ。

社会でひとりぼっちだと感じている人もいるだろう。でも、そんなことはないから安心してほしい。あなたが生まれて、育って、出会ってきた人たちが、ふとした瞬間、きっとあなたのことを想っている。私の兄は、友だちなんてひとりもいなかった。「誰ともつながらなくても人は生きていけるのか」という壮大な社会実験をしているかのようだった。でも、そんな人でも、この世にいない悲しみで、私はまだ泣いている。

勝手に死ぬなんて決めるなよ。いくら文句を言っても、亡くなった人には届かない。そんな勇ましさがあるなら、生きていてほしいと思うが、決めてしまったことに口出しはできない。母のことも、兄のことも、好きだったからこそ、彼らの決断を受け入れ、尊重してあげたい。本当に自分勝手な人たちだ。

数年前、雑誌の取材で、アムステルダムに滞在した。

とあるスタートアップ企業の取材が目的の出張で、一週間の滞在。午前中に取材を終え、スタートアップらしい健康的なビュッフェで現地メンバーとランチをしていると、一緒にいた若い女性が、「この前、私の祖母が安楽死したの」と、語り始めた。語り始めた、というと重々しい雰囲気に聞こえそうだが、普通の雑談のテンションだ。

「祖母は音楽が好きだったから、みんなで楽器を演奏したの」

「いいねえ」

「本当にいい葬儀だったの」

そこにいた人たちはみんな笑顔だった。私を含めた日本人メンバーも「素敵ねえ」なんて言いながら、ランチの時間を満喫した。

日本で葬式の話題といったら、「めちゃくちゃお金がかかった」だの、「親戚がそろっていて居場所がなかった」だの、少なくとも「いい葬儀だった」というのはなかなか聞かない。オランダの人たちは、こうやって身近な人の死を受けとめているのだな、と思った。

二日間ほどフリーの時間があり、観光には興味がなかったから、オランダの安楽死制度の取材をすることにした。前日の取材で一緒になったオランダ語通訳の日系人と仲良くなり、図書館で待ち合わせをして、安楽死の活動家を紹介してもらい、政治団体にメールをしたりしていた。日本に帰ってきてもスカイプでオランダ人医師が安楽死を処方してきた話を取材した。私はどうしても死にまつわることへの関心が強い。安楽死は、やはり自死よりは遺族の覚悟ができているので羨ましいと思った。

誰の傍にも必ずある死を、見ないように、感じさせないように、私たちは生きている。生きているから、お腹がすいて、眠くなって、朝、起きて、またなにを食べようかと考える。悪口を言われたからって、ひどい失敗をしたからって、死ぬわけではない。むしろ悪口を言ったやつらを呪ってやろうと、雑誌「ムー」の呪いのページを読んだりする。読んでいると他のページの陰謀論が面白くなって、どうして怒っていたのかを忘れてしまう。

人間の悩みなんてアホらしいと、冷めた目で猫が見ている。彼女は幼少期に人間にいじめられたのか、二歳で保護したとき、犬歯が欠けていて、人間の「手」を異常に怖がっていた。いま九歳になり、過去にあったことなんてすっかり忘れたフリをして、床でダラダラしている。残りの猫生を楽しみ尽くしてやろう、という野心にあふれた目をしている。

人間も猫も変わりはない。いま、この瞬間、戦争で苦しんでいる人がいるし、陽気なパレードで踊り狂っている人もいる。みんな同じように生まれて、死んでいくだけだ。真面目に生きようと、不良になろうと、勝手にすればいい。自分がそうしたいと思うなら、そうすればいい。その代わり、好き勝手に生きると決めたなら、自分のルールを他人に押し付けてはいけない。人に期待してはいけない。

「細く長く生きる」「太く短く生きる」なんて言葉を聞くけれど、「太く、長く、濃く生きる」で、いいじゃないか。どうせ死ぬのだから、自分が楽しいと思える道を選んでいきたいものである。

しあわせの、となりにあるもの

ここ数年お世話になった人が栄転することになり、壮行会を開くことにした。久しぶりの幹事だ。メンバーは男、男、女の三人。みんな舌が肥えているから、店探しにはセンスが問われる。

「なにか食べたいものはありますか」と、主賓に念のため聞いてみたけれど、「なんでもいいですよ。お任せします」という答え。うんうん、そうだよな。私だって聞かれたらこう答える。でも幹事としてはヒントがほしい。

「私の事務所は自由が丘だけど、こっち方面だと、帰りが大変ですもんね。平日だし」

せめて場所の目星をつけたくて聞いてみる。優しい人だから、大丈夫ですよ、なんて答

え も返ってきそうだけれど、乗り換えが多いのは誰でも避けたいはずだ。

「そうですねえ、子どもに早く帰ってきてほしいと言われるので、近くのほうがありがたいです。うちは東のほうなので」

「では東側にしましょう。もうひとりが東銀座の会社だから、築地とか、そっち方面が良さそうですね」

意気揚々と築地の名前を出したが、たいして店は知らなかった。かつて築地にある新聞社に勤めたこともあったが、会社が駅直結でほとんど地上には出なかった。同僚と仲良くなるつもりもないから、なるべく上っ面で過ごしていた時期だ。だから築地の思い出はほとんどない。いい思い出も、悪い思い出もない。ただ、ない、のだ。しかし、いま思えば築地時代にもっと店を開拓しておけばよかった。歩いてすぐに銀座もある。ツンツンして飲み会を断っていた自分が恥ずかしい。

編集者というと「作家と美味しいものを食べているんでしょう」なんて思われているかもしれないが、そんな優雅な生活は送っていない。接待に使えそうな小粋な店を、スマホにたくさんピックアップしているけれど、どれも「いいなあ、行きたいなあ」と憧れて眺めて終わってしまう。

　今回は、東京の東側、真冬だから温かい鍋系、酒好きが喜びそうなもの、どうせなら熱燗が美味しいところ。そんな欲望と照らし合わせてみるけれど、私のお店リストには見当たらなかった。仕方なく奥の手で、知り合いの雑誌編集者に「東側、鍋、日本酒」というキーワードを伝えると、すぐに有力情報が送られてきた。さすがだ。私はそのなかからレビューをチェックし、月島のあんこう鍋屋にたどりついた。ネットで画像を見ると、鍋の上に濃い橙色のあん肝がこんもり乗っている。レビューには「あん肝マウンテン」と書かれている。おお、これはうまそうだ。


　月島を歩いていると都会なことに驚く。下町のもんじゃのイメージしかなかったから、なんだか申し訳ない気持ちになった。

　駅から十分ほど歩いた場所に、あんこう鍋屋がある。時間通りに全員がそろう。かつてはみな同じ会社に勤めていたが、気づけば全員がバラバラになり、主役の栄転先は外資系コンサルティング会社だ。もうひとりはウェブディレクター、そして私。

「外資なら給料が良いでしょう。いいなあ」

「車、買うの？」

と、高級取りになる元同僚をひとしきり冷やかし終えたころ、あんこう鍋が運ばれてきた。

「おおすごい、これが全部あん肝ですか」

出された鍋は濃厚で、思わず店員のお姉さんに話しかけてしまう。

「はい。また来ますので、そのままで」

お姉さんはけっこうそっけない。待ちきれなくて、蓋を少し開けて中を覗いてみる。むわっとした湯気が漏れてくる。ああいい匂い。

私たちは我を忘れて食べまくった。ぷりぷりの白身、あん肝スープと絡み合う野菜たち。締めの雑炊をいただき、一滴も残さずに完食した。本当に美味しかった。

私たちは「寒いね」と身をすくめながら、月島の交差点で別れた。主役の彼は、きっとこれからもいい仕事をするのだろう。素直に頑張ってほしいと思える。こんなに優しい気持ちになれるのは、きっとあんこう鍋のおかげだ。

私は勝どき駅まで歩くことにした。大きな広い道で、寒いけれど、日本酒のおかげでぽかぽかしている。美味しいご飯、美味しいお酒、信頼できる仲間たち。冷たい空気が頬にあたることさえ、しあわせに感じる。

私は、いつ、どこにいても、なにを食べていても、私ばかりがこんなにいい思いをしていいのかなあと考える。私のしあわせは、両親や兄は味わえないもので、生き残っているからこそ感じるものだ。もちろんいつもセンチメンタルに浸っているわけではない。九十九パーセントは美味しいと思っているのだけど、残りの一パーセントだけ、なんだか、いつもうしろめたい。

旅先で雪がキラキラしていたとき、飛行機の着地がすごくスムーズだったとき、おいしいワインに驚いたとき、誰かに褒められたとき、いい映画を観たとき、夜風が気持ちいいとき。いつも頭の片隅で、私だけごめんね、という気持ちになる。世のなかには、生きていれば味わえることがたくさんある。あれもこれも、生きてさえいれば、と思う。父が食べたかったもの、母が行きたかった場所、兄が見たかったもの、私にはそれがなにかはわからないけれど、私が彼らのぶんもしっかり味わうしかない。味わって、私の糧とすることが、残された私の役割だ。

考えても仕方がないから、頭が空っぽになるまで歩く。私は歩きながら、たまには幹事も悪くないな、と思う。次はどこの店に行こうかなんて考えて、明日になるのが楽しみになる。

それよりぼくと踊りませんか

五月二十六日は間違いなく二〇二四年でいちばん忙しい一日だった。

朝、叔母からＬＩＮＥが届く。

「クニが三月五日に亡くなりました。四十九日も終えて納骨しました」

クニとは私の母方の祖母である。これまで「天涯孤独でマジ悲しい」と家族のことについてセンチメンタルな文章を書き散らかしてきたくせに、「なんだ、祖母いるじゃん」と突っ込まれそうだが、孫である私が二か月間も実の祖母の死を知らされないのには理由がある。父方の血を引く私は母方に嫌われているのだ。祖母にとってのかわいい娘、つまり私の母が嫁ぎ先で心を病んで死んだために、母を追い詰めた父方の人間を憎んでいるのだ。

そしてどうやら私は「もう孫ではない」らしく、私が良かれと思って送った成人式の写真を送り返してきたらしい。私は兄の葬儀のあと、叔母からその話を聞いて、孫の写真を送り返すなんて、どうかしている、と思った。しかし母方は激情型の家系であり、私も間違いなくその血を引いているわけで、私もそういえば、どうかしていることばかりしているから、なるほど血は争えないものだと妙に納得する。

祖母に最後に会ったのはいつだったのかも覚えていないが、目を閉じて浮かぶのは、幼少期に遊びに行ったときの、底抜けに明るくて豪快に笑う祖母の姿だ。喜怒哀楽が激しく、それでいてあっけらかんとしている。いまの私によく似ていると思う。

奇しくも同じ日に、別れた元夫からＬＩＮＥが届く。

「ハルが二月に骨折をしました。ギプスが取れて、いまリハビリ中です」

五月末は息子の誕生日で、誕生日プレゼントはなにがいいかを尋ねた私のＬＩＮＥへの返信だった。小学校低学年までは月一くらいで息子の面倒を見るために別れた夫の家に通っていたが、ひとりで学校から帰ることができ、留守番もできるようになると私の出番はめっきり減り、二月以降、連絡が途絶えていた。毎月の養育費を振り込みながら「まあ元気にやっているだろう」と呑気に構えていたら、「足を骨折した」という連絡。それも数か月前に。

世に言う「家族ＬＩＮＥ」というものの正解はわからないが、このＬＩＮＥの内容が、世の家族像とかけ離れていることだけはわかる。私は実の祖母が亡くなったことを知らなければ、息子が骨折したことも知らないのだ。自分が世間といかにズレているかを改めて実感し、家族とはなにかを考えるとチクリと胸が痛むが、そういう薄情な道を自分から進んで選んできたのだから仕方がない。むしろ、これだけ離れていても祖母の死に心が騒《ざわ》めき、息子の骨折の報せが届かないことを寂しいと感じるのだから、血というものは本当に侮れない。

大切なものは大切にすればするほど失ったときのダメージが大きい。それならば大切に思わなければよい。好きにならなければよい。そうすれば心が平穏でいられる。私が人間関係で願うのは、母が死んだときに私が感じた絶望を、私が死んだときに誰にも感じてほしくないということだ。だから人との付き合いはそこそこでいい。欲を言えば一週間くらい悲しんでくれたら大満足。私は息子と離れて暮らしているから、きっと私が死んでも泣かないだろう。それでいい。私が思春期に体験した母の喪失は本当につらすぎた。心がズタズタになるような想いは、もう誰にも味わってほしくない。

二通のLINEのメッセージにガックリしながら外を眺めていると、事務所のベランダのカンガルーポーが赤い花を咲かせていることに気がつき、「お！」と浮かれて見に行った。そして自分の席に戻ろうとすると、さっきまでそこにいた愛猫ウナギの姿が見えない。事務所は玄関が大きいため、猫脱走防止柵をつけているのだが、身体が小さなウナギはわずかな隙間をするりとすり抜けて、外に脱走してしまったのだ。

いまこうして文章を書けているのはなんとか見つかったからで（三軒先のガスメーターの中にいた）、見つかっていなかったらこんなに落ち着いてはいられないだろう。そして、ふと、またなにかを大事に思ってしまっている自分に気がつく。結局、人はいつだって大切なものをつくりたがる生き物なのだ。

「ウナが死んだらどうしよう、ウナがいないと私も死ぬ」

不幸のどん底の気分で猫を探しまわった。用水路や草むら、もしかしたら家に戻ってきているかもしれない。私は愛するものを失うのが怖い。誰も彼も、永遠に寄り添えないことはわかっている。それはうんざりするくらい味わった。もうこれ以上、大切なものが私の目の前から突然消えてしまうことだけは勘弁してほしい。

私の心配をよそに、ガスメーターからひょっこり姿を現したウナギは、「なんで飼い主がここにいんの⁉」とガン飛ばしてきた。私は小さなウナギを抱きしめて家に戻り、すぐに猫の名前と私の携帯番号が入った鈴付首輪を、猫全員分、購入した。人間はうまく愛せないくせに、猫はそんなに大事なのかとお叱りを受けそうなものだが、どうにもこうにも、この歪なかたちをした人間が私であり、いまさら変えることもできない。こんな私と、あと数十年は付き合っていかなければならないのだ。

と、そんなできごとがあり「いま」の「私」をそのまま受け入れることをじっくり考えてみた。最近、多くの人が自分の評価に敏感すぎるのではないかと思う。誰かに「いいね」と褒められるためにがんばるのではなく、自分の一番奥にある、自分だけが知っている自分を認めてあげたら、もっと楽になるのになあと思う。と、自分に甘すぎる私のことばには説得力のカケラもないが、それができたら他人の評価なんてどうでもよくなるのではないのだろうか。できること、できないことも含めて「私は私なんだから、それでいいじゃない」と認めてあげること。もちろん自分を甘やかしすぎは良くないし、向上心や好奇心がなくなるのはダメだけど、「私はどう足掻いたって私なんだ」と腹を括ると、もう少し生きやすくなるのではと思う。

と、上から目線で言うのは、私自身、自己肯定感が高いからだ。単に鈍感でバカなだけなのかもしれないが、先日、事務所に来た若者に「野口さんは生まれ変わったら何になりたいですか」と聞かれたときも、私は「生まれ変わっても、また私になりたい」と答えた。

いま、私は井上陽水の『夢の中へ』を聴いている。いつもなにかを探しながら、這いつくばって生きてきたけれど、探しものはちっとも見つからないし、毎日嫌なことばかりで本当にうんざりする。でもよくよく考えてみると、そもそもなにを探していたのかイマイチわからない。それでも、まあいいか、と思って今日も布団に入る。

毎日がドラマみたいではないけれど、美味しいご飯を食べて、楽しくお酒を飲んで、大笑いができる日々が愛おしい。あとどれくらいこんな日々が続くのだろう。私はいつか老いて、ひとりで野垂れ死ぬ。それまでの日々を美しいものに思えるよう、楽しい嘘をこれからもついていきたいものだ。

発声のすばらしさ

私はとても心の狭い人間なので、すぐに誰かに嫉妬したり、たいした理由もなく憎んでしまう。例えばSNSで同業者のいい仕事を見たりすると、嫉妬で一日中悶々としてしまう。「悔しさをバネにがんばれ」なんていう奇麗事をよく聞くけれど、そんな軽い言葉では済まされない黒いモヤモヤが、私の心をあまりに圧迫するものだから、ここ数年は必要以上に誰かの主義主張が渦巻くSNSの個人アカウントはミュートしている。

誰かの成功や、誰かの幸福が妬ましい。こう書くと自分のあまりの卑しさに辟易するが、実際そうなのだから仕方ない。

少し前に尊敬する先輩が過去につくったいじめ関連の記事が掘り返され、SNSで大炎上をした。私が会社を辞めるとき、唯一、「一緒に仕事をしてみたかったです」と手紙を渡した先輩だった。彼のような仕事がしたいと憧れていて、退職後に私がつくったものを送ると、丁寧にメールで感想を送ってくれて嬉しかった。その先輩が今回の炎上で国民の敵となり、SNS上で面識のない人たちから非難された。たしかにその企画は問題が多く、炎上上等な出版社にいたものだから私も麻痺していたのかもしれない。でも、私はうんざりしていた。SNSに飛び交う言葉は一四〇字に納まる「社会的に正しい意見」ばかりだった。なかには知り合いの若いライターもいて、嬉々として糾弾している様子を見て、恥ずかしいと思った。

私が知る彼は、いじめを面白おかしく捉えるような人では決してない。繊細で、他人の心の動きに敏感で、物事をきちんと納得するまで考え抜き、慎重に言葉を選んで話すような人だ。私は面識のない人の正論よりも、自分で見て感じたことを信じる。彼を身近で見てきたのだから迷いもない。当然だ。

私は身近な人の炎上を見て、誰かになにかを伝えるときの「声」がいかに大事であるかを考えていた。想いを言葉にして、その言葉を声に出して伝達することの大切さ。

誰かに言われた嫌なことはいつまでも恨めしく覚えているのに、自分が言い放った言葉はほとんど覚えていない。無責任だなと思いつつも、こんな私でも、ひとつだけ自分が発した言葉で強烈に覚えているものがある。

「あんたが死ねばよかったんだ」という言葉だ。

おそらく人生で一番ひどい、そしてもう二度と言うことはない。母の亡骸が自宅に戻ってきたときに父に言い放った。「お父さん」ではなく「あんた」。ぶっきらぼうに、反射的に、口から出た娘からの「死ねばいい」という言葉は、父の心を深く抉っただろう。なぜ言ってしまったのかしばらく苦しんだ。その言葉は呪詛となり、四年後に父は病死した。

声に出して言葉を発するのは恐ろしい。私のように誰かの人生を悪いほうに変えてしまうこともある。向かい合い、目を見て話すということは、強い影響を与えるものだ。だからみな気軽にSNSに書き込むのだろう。しかし軽くてチクチクとした細かい棘は、いつしか大きな傷となり、不特定多数の人を蝕む。

恐ろしくても、声に出して話さないと伝わらないものがある。反射神経で書き込むのではなく、きちんと推敲し、納得した言葉を、届けたいたったひとりのために。ゆっくりでも、小さくても、弱々しくてもいいから、声に出して語り出すことが、いま求められているように思う。

中華料理とお節介

　食にまつわるエッセイが好きだ。向田邦子が旅先の市場でさつま揚げを買う話が好きで、私も地方に行ったらついついさつま揚げを探してしまう。異国を旅するエッセイも好きで、まだ見ぬカタカナ料理に思いを馳せるのも楽しい。

　もちろん食べるのも大好きだ。先週末は自由が丘にできた「立呑み中華・起率礼」に行った。食べるのが早いうえに、頼まれてもいないのに回転率のことを考えてしまうから、立ち食いが私の性に合っている。料理人はひとり。若い女性だ。熱燗で紹興酒、麻婆豆腐、パクチーの白和え、平目の昆布〆紹興酒と梅のジュレ掛けをいただく。カウンター越しに「ちょっとピリッとするのはなに？」と尋ねると、「花山椒ですね」などと、気軽に材料を教えてくれたりする。大きな中華鍋を振るう背中を見ながら「ふむふむ、やはり中華料理は火力だな」などと利いた風な口を叩き、「うまい、うまい」とあっという間にたいらげる。

しかし自分で料理をするとなると、そうはいかない。毎回、冗談かと思うくらい不味い。例えば昨日の昼飯。「キムチ鍋のもと」を鍋に入れ、水、白菜、長ネギ、豚肉、卵を入れる。最後にごま油をひとかけ。キムチとごま油なんて最高に美味しそう。しかしでき上がったものはなんともいえない水白菜汁。味のしない豚肉、奥行きをまったく感じさせないスープ、鮮やかな卵の黄色には、悲哀すら感じる。水が多過ぎたのか、なにを足せばマシな味になるのかわからず、適当に塩を足してさらに悪化させる。もったいないから残さず食べるのだけど、どうしてこんなに不味くなるのか、不思議で仕方ない。

「そんな大袈裟なことを言って。まあまあ食べられる味なんでしょう」と思うかもしれない。しかし神に誓って言うが、どうにもこうにも、不味い。冷静に考えると理由はある。私はせっかちな性格で沸騰を待てない。面倒くさがりだから下ごしらえなどの準備も嫌い。

大雑把だから順番を気にせず一気に混ぜる。美味しい料理をたくさん食べてきたから味音痴ではないという過信で、レシピはざっとしか見ない。いまさら性格を直すのは難しいから、私には料理が向いていないのだろう。

「餅は餅屋」という言葉がある。意味は言わずもがな、餅は餅屋さんでつくられたものが一番美味しいということ。つまり「どんなものでもその分野の専門家に任せるのがいい」という意味だ。料理はお店で食べるのが一番美味しい。だってその道のプロなんだから。


「デザインはデザイナーさんが一番です」

「イラストはイラストレーターさんに」

「文章はライターさんに」

「印刷は印刷所に」

と仕事を振り分けていると「おや、編集者はなんの仕事をしているの」と不安になるが、「いやいや私が統括しているのだ」「私がいないと本が出ないのだ」などと自分を励ましたりする。とはいえ本当に編集者はたいしたことはできないのだから、せめてコミュニケーションは円滑に、取材現場ではスムーズに、せっかちな先回り癖を活かしてあらゆる不安の種をつぶしておきたいものである。

中華料理をたんまり食べたあと、ほろ酔いで自由が丘の緑道にあるクレープ屋に並んでいた。客は私と少年のふたり。迷いながら券売機でバナナチョコクレープの食券を買う。赤ら顔を隠そうとマフラーで顔を覆い、店員さんに食券を渡すと、先に並ぶ少年が食券を渡せずにもじもじしていることに気づいた。どうも背が足りないようだ。

私は見かねて、少年から食券を奪い、

「この子のほうが私より先です」

と言って、店員さんに渡した。クレープは一枚一枚焼かれているから、順番は重要だ。少年は突然現れた中年女性のアシストに驚いたようで、なにも言わずにプイッと横を向いてしまった。その後、少年は無事クレープを受け取って去っていった。私も順番通りクレープを受け取った。

私は「少年よ、礼もないのか」と思ったが、いきなり赤ら顔の中年女性に声をかけられたら誰でも怖いだろう。いやはや、申し訳ないことをした。

いつも気まぐれにお節介を焼いてしまう。いつもいつもよけいなことばかりしている。味が薄ければ塩を入れてしまう。困った少年がいれば声をかけてしまう。私は「自分はここまで」と思っている場所から、少しだけはみ出すことが楽しい。よけいなことだから楽しいのだ。巻き込まれたほうはたまったもんじゃないし、不味い料理は悲しみしか生まないが、いつもよけいなことばかりして生きてきた気がする。すべてがうまくいっているわけではないし、いろいろなものが予期せぬほうにころころと転がっていく。そしてなんとか自力で立ち上がって、またよけいなことをしていく。

休日の真昼間、マダムが行き交う自由が丘の緑道を真っ赤な顔でクレープを食べながら歩いた。クレープは家に着く前にぺろっとたいらげてしまった。家に着いて、コートを着たままソファに座って、クレープの包み紙をゴミ箱に向かってポイっと投げる。ゴミは見事な放物線を描いて箱にスコンと入った。私はさらに上機嫌になり、そのままソファで夕方まで爆睡していた。これは、とてもいい休日だ。

居場所をくれてありがとう

中学生のころ、家が大いに荒れていて居場所がなかった。母親はいつも怒りで叫んでいて、父親はたまにしか帰ってこない、珍しく両親が家にそろっているかと思えば怒号が飛び交う。「ああ、なんて嫌な家なんだろう」と毎日憂鬱だった。

平日は塾に通わせてもらっていたから、部活から帰ったあとは、夜まで塾で過ごした。土日はどうしても家にいたくなくて、いつも朝から夕方まで市立図書館の閲覧室で過ごした。

私は「未成年でも時間を気にせず、人の目を気にせずにいられる場所」を見つけられたからラッキーだったけれど、もしそんな場所を見つけられずに、深夜のコンビニに行ったり、あてもなく街を徘徊していたら、不良少女になっていたと思う。

ひとまわり下の世代に舐達麻《なめだるま》というラップグループがいる。彼らは熊谷や深谷出身で、MVには懐かしい風景がたくさん出てくる。「100MILLIONS（REMIX）」のサムネイルの線路前は、私の高校時代の通学路だ。

彼らが書く大切な人を亡くした気持ちや、どうしようもない閉塞感が、私にはとてもよくわかる。毎日、自転車で駆け抜けた駅前の道。不良の溜まり場だった古着屋。十代で両親がいなくなって、どう生きればいいのかと途方に暮れて座っていた荒川の土手。からっ風が冷たくて頬が強張り、うまく笑えない。いつまで待っても光は差してこない。だから自分の力で生きていくしかない。私が通り過ぎた景色が、彼らの歌詞にあった。私と彼らの原点はたぶん同じだ。選んだ道が少し違っただけだ。


私が中学生のころからずっと通っている喫茶店がある。帰省するたびに訪問しているから、かれこれ三十年以上通っていることになる。桜の名所の土手の脇、市立図書館の近くにあり、扉をあけると「カランカランコロンコロン……」というドアベルの音がして、コーヒーの匂いがふわっと香る。木目で統一された店内は、近所のマダムから家族連れ、遠方の方もたまに訪れているらしい。コーヒーはもちろん、パスタやケーキもそろっている。

この店は、中学生から高校生までの六年間、私の胃袋を支えてくれていた。私はいまや立派なカフェイン中毒に成長したが、ブラックコーヒーの美味しさに気づかせてくれたのはこの店だ。お気に入りは和風スープパスタ。昆布出汁なのか、アサリも効いている気がする。家で再現しようと何度も試みたが、三十年以上経っても再現できない。先日、久しぶりに挑戦しようと、お店のインスタを開くとマスターの訃報が出ていた。

私は一度もマスターと話をしたことがない。お店に立っている奥様とも話したことはない。もちろん名前も知らない。大学時代、ルームメイトだった私の幼馴染は、高校時代にこの喫茶店でアルバイトし、そこで恋人をつくり、別れたりしていた。比較的近い存在だったけれど、私はこの喫茶店のことをなにも知らなかった。

週末になると、中学生がひとりでご飯を食べにくるのはおかしな光景だっただろう。もしかしたら「大丈夫かしら?」なんて思われていたかもしれない。でも「ひとりなの?」

なんて声をかけられたら、たぶん私はこの喫茶店に二度と行かなかっただろう。

いい意味で放っておかれたのが良かった。なにも聞かれない。踏み込まない。子どもだけど大人の客と同じように扱ってくれる。この喫茶店は、誰かに用意された場所ではなくて、私が自分で見つけた場所だ。母が亡くなったときも、父が亡くなったときも、兄が亡くなったときも、そういえばひとりでふらっと訪れていた。お盆に帰省して喪服で卒塔婆《そとば》を担いだあとも汗だくで入った。私はこんな場所を見つけられて、本当に恵まれている。


再現できない和風スープパスタのレシピは、店でバイトしていた幼馴染に聞けば、たぶんすぐにわかると思う。でもそんなダサいことはしたくない。

最後にマスターを見たとき、「もうおじいちゃんだな」と思った。そういえば私も大人になっていた。改めて喫茶店のホームページを見ると、オープンしたのは一九八一年十一月だという。私はその年の六月生まれだから、私のほうが少し先輩だ。マスターの名前を初めて知った。年齢は八十三歳。ということは、四十歳くらいで脱サラして、喫茶店を開いたのかもしれない。彼には彼の人生があり、いろいろな人が行き交う喫茶店という場所をつくった。どんな想いで店をつくったのかなんて知らない。でも、この場所のおかげで私は不良少女の仲間入りをしないですんだ。

私は故郷が嫌いだ。歯を食いしばって生きてきたからこそ、嫌いだとはっきり言える。しかし強い感情をこの土地に向けている限り、私はそこから離れることはできない。そしていつまでも離れられないからこそ、故郷なんだろう。

私は故郷が嫌いだけど、この喫茶店と、図書館（と舐達麻）は好きだ。

「私の居場所をつくってくれてありがとう」

亡くなってからお礼を言うのもおかしな話だ。でも、人生なんてたぶんそんなものだ。

物語のはじまりには、ちょうどいいのさ

二〇二三年九月十七日

子どものもとに置いてきた愛猫ヴィトゲンシュタインが、二〇二三年九月に亡くなった。十七歳だった。離婚するとき、母だけでなく猫までいなくなったら息子が寂しがるだろうと、猫を置いて家を出てきたが、私はそのことをずっと後悔してきた。

九月中旬、猫が危篤だという連絡がきた。私は慌てて会いに行った。最近はだいぶ足腰が弱くなり、見るたびに「老猫になったなあ」と感じていたが、横たわって息をするのも苦しそうな様子を見ると、いろいろなことが頭をよぎって思わず涙があふれ出てしまった。

息子の前で泣いたのは初めてで、彼は私を冷徹な仕事人間だと思っているだろうから、さぞ驚いただろう。息子は母の涙を見て、

「お水を飲ませてあげているんだ」

と、猫の口を水で濡らす様子を見せてくれた。一生懸命看病している話をしてくれたので、私は「ありがとう」と言った。しかしこれは「(私の猫の面倒を見てくれて)ありがとう」という意味で発した言葉だから、生活をともにしていない歪な親子だということがよくわかる会話で、自分の不甲斐なさがただただ虚しかった。

翌日のお昼過ぎ、亡くなったという連絡がきた。夜には火葬車がくるから骨を拾ってほしいという。覚悟をしていたから突然の喪失感に襲われることはなく、冷静に「分骨してほしい」と頼んだ。

私は仕事を途中で切り上げて、遺骨を入れる容れ物を買うために自由が丘の無印良品に行った。ヴィトゲンシュタインは子猫のころから私に懐いていて、離れて暮らして寂しい思いをさせていたから、これからはずっと一緒にいられるように、そして私が亡くなった

ときに一緒に散骨してもらえるように、なるべく小さく、いつも机に入れていられるものがいい。私はぐるぐるお店をまわって、結局、「ポリエチレン小分けボトルワンタッチキャップ」を買った。

夕方、阿佐ケ谷の家に向かった。猫の目はうっすら開いたままだが、もう動くことはなかった。亡骸に触れるのが怖くて、ただ近くで声を殺して泣いた。しばらくうずくまって立ち上がれなかった。しかし泣きながら、この涙はなんだろうと考えた。自分が捨てた猫ではないか。もう七年も離れて暮らしているではないか。薄情ではないのか。私に泣く資格はあるのか。「一緒にいてあげられなくてごめんね」「寂しい思いをさせている」というのは私の見当違いな驕りだ。愛しているのなら責任を取らねばならない。そして、これは自分で選んだ道なのだ。

迎えの車がきて、いよいよ焼かれるとなり、ペット火葬会社の人に「最後ですから」と遺体を触るように促された。これまで私は両親の遺体にも、兄の遺体にも触れてこなかった。思春期に見た母の亡骸の乾いた舌が恐ろしかった。温もりがない、魂が抜けた容れ物となった物体に触れてしまうと、ただでさえ死を受け入れられないのに、触感で死を感じ取ってしまう。触れたら受け入れざるを得なくなってしまう。私は家族の死を受け入れたくなかったのだ。

ほんの一瞬、戸惑っていると、息子が横で、

「ヴィーは毎晩寝るときに布団に入ってきて、ゴロゴロ言ってうるさかったんだ」

と言った。

私は自分の驕りに改めて気づかされた。私がいなくとも、猫はきちんと安らげる居場所を自分でつくっていた。苦しかった最後の三日間、愛する人たちに寄り添われ、しあわせに逝けたのだ。私ばかりが悲しいわけではない。私はいつも自分のことばかり考えてしまう。今度こそ遺体に触れて死を受け入れよう。離れていても変わらずに愛していることをちゃんと伝えよう。

身体は硬くなっていたが、ふわふわのグレーの毛は、いつものヴィトゲンシュタインだった。こう書いていると涙が出てくる。なぜだろう。どんなに考えてもわからない。なるほどこれが「心の整理がついていない」という状態なのだろう。もう会えないことが悲しいわけでもない。猫と過ごした日々がフラッシュバックしてくるわけでもない。ただ、自

分がしてきたことばかりが思い浮かんでくる。こんなときも私はエゴの塊でしかないことにうんざりする。でも涙が止まらない。

「これは後ろ足ですね」と焼かれた骨を見せてもらった。

「じゃあ、それをこれに入れてもらえますか」と火葬の担当者に無印の透明な容れ物を渡した。火葬の人は「ちょっと少ないですか？　まだ入りますけど」と、後ろ足を入れた容器をひょいっと見せた。たしかにまだ入りそうだったから「そうですね。じゃあ盛り盛りで入れてください」とお願いした。

ほとんどの骨は立派な白い骨壺に。少しだけ、私の小さな容れ物に。

「すごい、分身の術みたいじゃないの」と、もういない猫に心の中で話しかける。不謹慎だけど、少し可笑しかった。

骨はいま私の机の中にある。私の生活の中にある。猫には申し訳ないが、もう少しだけ私のエゴに付き合ってもらおうと思っている。

二〇二三年七月三十日

忙しい上半期だった。書籍づくりのほかに展覧会の準備をしたり、「なんでも屋」として日本中をまわった。長野では台風で電車が動かなくなり途方に暮れた。夏は日本を飛び出して台南市の島でポンコツのワゴンバスに乗り、激しい縦揺れにも耐えた。

「楽しそうじゃないですか」と言われそうなものだが、これがけっこう大変で、編集者たるもの、先回りをしていろいろ下準備して、「すべてを滞りなく進めるための完璧なスケジューリング」を目指しているのだが、どうにも思い通りにいかない。そしてそのほとんどが私の致命的な方向音痴に起因する。


炎天下の台湾で、何度、道に迷っただろうか。

「この道から来たから、えーっと、こっち?」

と、スマホのマップが示すコンパスの向きを見ながら、その場で壊れたレコードのようにくるくる回る。「やばい、このままだと作家が脱水症状で倒れてしまう！」と焦りながらも正しい方角がさっぱりわからない。

「野口さんがマップと一緒にぐるぐる回っては意味がないのでは」

見かねた作家に指摘され、「なるほどです！」と威勢よく返事をしつつも、また回ってしまう。結局「こっちです！」と作家に導いてもらう。おかしい。こんなはずではなかったのに。

自分が方向音痴だということに、うすうす気づいていた。地下鉄を降りて、地上に出たら、もう方角がわからない。きちんとグーグルマップを見ながら、自信満々に反対方向に歩き始める。だから初めて行く場所は集合時間の一時間前に着くように家を出る。早く着いたらPCを開いて道で仕事をすればいい。だから基本的に遅刻はしない。しかし誰かと一緒に旅をして、しかもそれが作家ともなると背筋が凍る思いだ。

音痴といえば歌も下手くそだ。高音アニメ声の私は、歌うのが大好きだが、神様は私に音程というものを与えてくださらなかった。カラオケなんぞに行ったものなら音程が明後日の方向にしか進まず、聞いている人も居た堪れなくなるようで、自然とマイクが回ってこなくなる。頭のなかでは美しい高音が出ると信じているが、おかしい、こんなはずではないのに。

自分がなりたい自分になるのは難しい。理想通りにはいかないし、そもそもなにが理想なのかと考えると、そういえばなんだっけ、と思う。身の程を知らないし、鈍感で音痴。いやはや、私は一体なにができるのだろう。とはいえ、周りを見渡すと、みんなそれなりに楽しそうにしているからいいだろう。と思っているのもどうせ自分だけだから、能天気で救いようがない。

二〇二三年六月五日

以前、同僚だった矢代真也くんと、会社の打ち合わせスペースで夜食を食べながら、「人は大人になっても変わることができるのか」という議論をしたことがある。「いくつになっても変わることができる」という矢代くんと、「人は変わることはできない」という私。結局、平行線でどちらも譲らなかった。

二〇二三年夏、私は池袋サンシャインシティの展示会場にいた。推しのサイン会に行くためだ。私は二〇二二年ごろから推し活を始め、十八歳も年下の若い男子に熱を上げていた。サイン会では推しに「Ｒｉｅへ」と書いてもらい、警備員に引き剥がされながら、「生ハムが好き」と公言する推しに「塩分に気をつけてくださいね！」と伝えて「ラジオもちゃんと聴いてますよ」というアピール。キモい。なにをやっているんだとふと冷静になるが、周りを見渡すと同年代の女性たちが色めきだっている。私も傍から見たら彼女たちと変わりない。おかしな行動に見えるかもしれないが好きなのだから仕方ない。

しかし、これまでの私と、推し活をする私を比べると、「変わった」ように見える。「若い男なんて興味ねえし」と硬派だった私が、踊り狂う金髪の若者に夢中なのだ。若者文化にも寛容になった。冷ややかな目で見ていた中目黒にいるオラオラ系男子を優しく見守れるようになった（推しの友だちかもしれないし）、ＴｉｋＴｏｋとＸに別垢をつくった（ＲＯＭ専で）。しかし結局、それらは私の延長であって、私自身のなにかが変わったとは思えない。私は自分がしてきた経験の積み重ねが愛おしい。だから自分が変わりたいとは思わない。

誰のなかにも必ず、変わりたい自分がいるし、変わりたくない自分もいるし、どう足掻いても変われない自分もいるのだ。矢代くんと話が噛み合わなかったのは、変わりたい矢代くんと変わりたくない私との会話だったからだろう。しかし自分のなかの声をきちんと整理できる人なんていないのだろうか。猫を看取る私も、台湾で方向音痴の私も、推す私も、私だ。どこかの断片を切り取れば猫を愛する感傷的な人であり、あるときはアイドルのカードを交換しあう痛いオタクなのである。すべてをさらけだすことはできない。物事の一面しか見ることができないのであれば、いいとか、悪いとかを勝手に決めてはいけないのだ。

あなたと私のあいだにあるもの

「上海に行きませんか」

と、黒鳥社の川村氏に誘われたので、中国視察ツアーにホイホイついて行くことにした。大企業の若手社員と一緒にスタートアップ企業を巡る仕事で、「事前に中国のビジネスビザを取るべし」とお達しがあり、国際展示場駅にある中国ビザ申請センターに朝から行くことになった。

駅に到着すると、スーツを着た老若男女の群れに遭遇した。どうも東京ビッグサイトで催し物があるらしい。駅を出てからビッグサイトまでの道は、社名の入った紙袋を抱えた大人たちが列をつくっていた。たしかにビッグサイトといえば、あらゆるビジネス業界向けのフェアを定期的に開催している。紙袋の社名や、駅の広告から推察するに、小売業のイベントのようだ。スマホで調べると「国内最大のラベル関連専門イベント・ラベルフォーラムジャパン」というものだった。

かちっとしたスーツの人、ちょっと崩したオフィスカジュアルの人、これから商談を控える人たちの長い列に、油断し切ったボサボサの髪に、派手なパンツを履いた私が混じることになった。怪しい。他人の目など滅多に気にしないのだが、いま、私は明らかに浮いている。

しかしこの「浮き」を、きちんと受け止めなければならない。世間と違うことをかっこいいと思えるほど私は尖っていないし、若くもない。この列の大人たちに私がつくった本を届けるにはどうしたらいいものか。

目の前を歩くグループを見る。おじさんは上司だろうか。いや、意外と若い子のほうが上司というパターンもある。みんな自分たちの仕事をこなし、毎日必死に生きている。そんな彼らの有限な時間の、ほんの少しの隙間に入れないものか、と考える。

人は線を引きたがる。「自分はそんなことない」と思っている人も、絶対にどこかで引いている。私も御多分に洩れず、引いている。

「この人は自分のことをわかってくれる（わかってくれそう）」

「この人はわかってくれない（わかってくれなさそう）」

見た目、話し方、学歴、性別……いろいろなところで線を引いて、好きなものに囲まれて安心できる場所をつくる。でも、たまに「この線はなんだ？」と思う。

はるか昔にしたインタビューで、アーティストが自分を支えてくれているスタッフについて語るシーンがあった。

「ぼくたちのスタッフをつらい目に遭わせる人がいたら、ぼくが前に立って守ります。それくらい大事な存在です」

強い絆が伺える美談だが、私には「ぼくは、自分たちとそれ以外に、しっかり線を引くタイプです」と聞こえて、なんて恐ろしい話なんだろうと思った。やばい、私の原稿が遅れてスタッフに迷惑をかけたら、私は敵認定されてしまう。怖い怖い。

家族、親友、仲間、グループ……。そこに入れない人はどうしたらいいのだろう。二十代のころ、大勢の女性編集者が集まる飲み会に呼ばれ、つまらない女だと思われたのか、次からお声がかからなくなった。「女の飲み会なんて、めんどくせえし」と強がってみせたが、本当は仲間外れにされて寂しかった。以前流行った招待制の「Clubhouse」は、結局、誰からも招待メールは届かなかった。「mixi2」も当然こない。だけど、悔しいからみんなの話に合わせて「めんどうだよね」なんてうそぶいている。コロナ禍の読書リレーも、おすすめの本を五冊くらい妄想していたけれど、結局、私に回ってくることはなかった。私のなにがいけないのだろう。性格？　態度？　話し方？　見た目？　お願いだから線を引かないで。お願いだから「違う」と言わないで。

「私、群れないんで」

と、何度、強がってきたことだろう。いつもどっしり構えているけれど、私だって弱気になることがある。気が弱いくせに嫉妬深いから、ＳＮＳのミュート機能を駆使して、心の安寧を保っている。

他者と丁寧に関係を築き、心を通わせていける強さを持ち合わせている人が羨ましい。

私はたぶん、誰の一番でもない。いいな、親友。いいな、家族。でも無理してつくるものでもないしな。

他人と距離を詰めるのは難しい。急に距離を詰められても気持ち悪い。それならこの距離を保ったままでいいのではないか、と思う。だからたまに弱気になったり、寂しくなるのだけど、こういうふうにしかできないのだから仕方ない。高望みはしない。

ビッグサイトに向かうスーツの彼らと私のあいだには、線なんて見えやしない。勝手に線があると思い込んでいる。見た目も、歩んできた道も、価値観も違うけれど、けっして敵ではないのだ。彼らが喜んでくれるような本はどんな本だろう。お仕事系のエッセイをまとめたり、小説なら読んでくれるかもしれない。

近づくことはないけれど、離れる必要もない。いい距離を探ってキープすればいい。そしていつか、彼らが手に取ってくれるような本をつくって、彼らと会話ができたらそれでいい。他者との温度感は、私にはそれくらいがちょうどいい。

あなたと私のあいだにはなにもない。ないのだけれど、社会のなかで生きているのだから、ひとりよがりで、自分さえよければいいわけがない。あなたの決断は、誰かにとっては我儘かもしれない。でも強い決断はきっとわかってもらえる。自分を信じて背筋をのばして、まっすぐ、かっこよく生きていたいものだ。

USO

Nのお葬式

二〇二五年六月。先輩の編集者Nが突然死したと、以前の職場の同僚から連絡が入った。Nはひとまわり年上の、いわゆる紙の編集者で、鈍臭いところもあったが、豪胆で頼りになる先輩だった。二年ほど会っていないが、同じ編集部で机を並べていたころは三匹の猫の腹のもふもふを目当てにNの家に何度も通った。突然の訃報には驚いたが、大酒飲みで大喰らいのNは長生きするタイプには到底見えず、本人も生に執着している様子もなかったから、ああそうか、とストンと落ちる気がした。

亡くなったと聞いてしばらくは、彼女と触れ合った日々が思い起こされて落ち込んだりしたが、数日経つと、日常的に会っていなかったせいか、どこかで生きている気がしてしまう。

雨の日の葬儀は嫌なもので、慣れない喪服のスカートの裏地が湿気でぺったりへばりつく。喪服に合わせて用意した小さなハンドバッグには長財布すら入らない。仕方なく葬儀に似つかわしくない大きな白い帆布のトートバッグに香典とハンドバッグを押し込んで、三軒茶屋の自宅から電車を乗り継いで、武蔵境まで来た。

斎場の入り口にはすでに多くの喪服姿の参列者たちが集まっていた。みなジャケットを片手にもち、なぜかキョロキョロとあたりを見回しながら突っ立っている。私が正面入り口につくと、なるほど、みなが呆然とする理由がわかる。会場には葬儀の立て看板はあるものの、アーチ型の入り口には蔦が絡まり、葬儀のイメージとは程遠い。奥を覗くと緑が生い茂っていて、奥からＢｅｃｋの「Loser」が聴こえる。フェス会場の外で音が漏れ聞こえてくるような感じだ。そういえばＮは学生時代からＢｅｃｋのファンで、来日したＢｅｃｋの取材がとれたときは狂喜乱舞し、取材時に頼み込んで撮ってもらったツーショット写真を、酔っ払ったときにこっそり見せてもらったことがある。恥ずかしそうに頬を赤らめるＮは最高にオバサンくさかったが、好きなことにのめり込み、ひとつのものに対して揺るぎない愛情を注ぐ姿は羨ましくもあった。

祭壇へ続く道には、ジャングルのようにさまざまな木があちらこちらからぶら下がっていた。呆気に取られながら、ようやく一番奥の祭壇にたどり着くと、Nが好きだったという花が一面に飾られていた。あとから聞いたのだが「四月ならミモザ、五月なら芍薬……」というように、自分が死んだ月に合わせて祭壇に飾る花を指定していたらしい。六月の祭壇は大ぶりな白い紫陽花とモンステラやアカシアなど観賞植物、ドライフラワーで覆い尽くされた異様な光景だった。

Nの葬儀は一般的な仏教式ではなく無宗教葬儀で、Nは生前に葬儀社と死後事務委任契約を結び、自分のための葬儀を計画していたのだという。喪主は事前に契約をしている葬儀社が代行し、役所などの手続きや遺品の整理は事前の取り決めの通りに行う。Nは自殺願望があったというわけではなく、自分の最期は自分でアレンジしたいという気持ちが強かったようで、本人としては「もう少し先のつもり」で立てた葬儀計画だったが、奇しくも計画から半年後に葬儀が実現されることになった。

Nの葬儀に招かれたのはNの仕事関係者たちと友人たちだ。気がつくと、元同僚のYが横に座っていた。

「Nってさ、なんで死んだの」

Yが小声で話しかけてくる。

「市ケ谷のホームで倒れたんだって。で、そのまま」

「そのまま？　意識は一回も戻らなかったってこと？」

「そうみたい。まだ四十四だって」

「ひゃー」

Yは配布されたNのプロフィールカードを見る。Nの簡単な経歴と、参列者へのお礼が手書きで書かれている。

「こんなの用意して、やばくない？　準備してたってこと？」

Yは斎場をぐるりと見渡す。

「いやー……よく知らないけど、そうみたいよ。事前契約的な？　不摂生だったから予期とかしてたんじゃない。前に家で飲んでたとき、深夜にオレオ一袋食べてたもん」

「まじかあ」

「まあ、でもこう言っちゃ悪いけど、謎な人だったよね。突然離婚したり。しばらくスーツケース転がして生活してたよね」

「まあ、でも、そういう感じだったじゃん」

「Nが養育費を払ってたんでしょ。今日キッズ来てる？」

「や、見てないよ。俺、前の旦那と仕事したことあるから顔わかるけど。さすがに来るでしょ」

「『幼少期に愛されなかったのが原因で家族をもつのが嫌だ』、とかなんとか」

「棒読み。まあ、家庭とか向いてない人だよ。自分が大好きなんだもんな」

「そりゃそうだ」

「仕事してる印象しかない」

「たしかに。私もそれ以外知らないわ」

「レスがやたらと早いんだよな」

「そうそう。深夜でも返ってくる。あ、やば。思い出すと泣けてくる」

「なんかＺＩＮＥとか急に出してたでしょ。親兄弟が自殺したりしててさ、すごい壮絶なやつ」

「あ、それ読んでない」

「そういう人には見えないというか」

「そういう人？」

「不幸しょってます、みたいな。楽しそうにしてたし」

「豪快に笑ってたよね。声、デカくてさ」

「ほんと。でもさすがに死ぬのは急すぎでしょ」

参列者が席に着くと、司会の女性がマイクを握り、一礼して話し始める。

「ご着席をお願いします。携帯電話をお持ちの方は電源をお切りいただくかもしくはマナーモードに設定していただきますよう、ご協力のほどよろしくおねがいします」

一同が携帯をチェックしているのを見ながら「あれ、誰？　雇われ司会者？」と、Yがひそひそ声をかけてくる。

「そうみたいよ。Nが生きてるときに雇ったんじゃない？」

「N、この原稿、自分で書いてるのかな」

「さあ。こういうのは定型文でしょ。でも業者入れて、生きてるときに式の段取りとか決めてたらしいよ」

「エンディングノート的なやつ？　すげーな。この謎の選曲も？」

いつの間にかBGMはジブリのサントラに切り替わっていた。

「ポニョ……。魚の子って……。全然悲しい気持ちになれないよ」

「ウケるな」

「植物もカオスだしね……」

ジブリメドレーが続く中で、司会者は続ける。

「本日は、ご多忙中のところご参列いただきましてありがとうございます。ただいまより故・Nの葬儀および、告別式を執り行いたいと思います。思い起こすと激動の時代を生き抜いてきたこと、そのなかで困難にあい、乗り越えてきたからこそ、その苦労を優しさに変えて分け与えることができたのでしょう。お仕事を精力的に行い、たくさんの功績を残しました。これからの活躍を誰もが望んでおりました。目を閉じるとNさんの姿や笑顔が鮮やかに浮かび、早すぎる旅立ちを実感しております。黙祷」

参列者が目を伏せているなか、「これは絶対Nが書いてるでしょ」と、Yが言う。

司会者の号令にあわせて、BGMが止まり、一瞬、静寂が訪れる。

Nの葬式は友人代表のお別れの言葉もなく、式はサクサクと進んでいく。誰かにスピーチを任せるのは負担になるし、式が長いとだらけるから、できる限りシンプルにしたかったのだろう。せっかちなNらしい。

「それではおひとりずつ、献花をお願いします。それぞれ、お別れの言葉をかけてください」

司会者に促されて参列者たちは席を立ち二列に並ぶ。花の種類はさまざまで、各々が好きな花を手に取り、Nの棺に収めていく。涙を流す人、長く語りかける人。特に親しかった先輩のTは焦燥しきっていて、真っ青な顔でNの棺から離れず、居た堪れなかった。

私はマリーゴールドを手にして、Nの右頬の横にそっと置いた。Nはすでに花に埋もれていて顔以外は見えない。その姿はまるで『ミッドサマー』の恋人が燃えていく様子を見てにっこり笑うシーンにそっくりだった。もちろんNが笑うことはもうないが、おそらく棺の中で花に埋もれることはわかっていただろうから、Nはこれを狙ってやっているのだろう。「どう、面白いでしょ」と、死んでからもNの声が聞こえるようだ。Nのクドい性格が垣間見れて、最期まで本当にNらしいなと思った。

Nはとにかくよく話す人で、話題はだいたいおばさん臭いのだが、「先輩、これ知ってますか」と聞くと「なにそれ面白いの？」といつも身を乗り出してきた。知らないものは知らないといい、面白ければ興味を示すし、つまらないものはつまらないと言う人だった。

逆に私が知らないことがあれば身振り手振りで教えてくれた。

「ねえねえ『遠い海から来たCOO』って知ってる？」

「なんすか、それ」

「パゴパゴ島に恐竜の赤ちゃんが流れ着くのよ」

「……はあ」

「え、知らない？　歌、ユーミンだよ⁉」

「まったく」

Nは検索をかけてウィキペディアを見せてくる。

「アニメは九三年」

「先輩、それ、私が生まれた年っすよ」

「がびーん」

Nは両手を広げて大袈裟に驚く。

「先輩、『がびーん』っていうの三周くらいまわって、やっぱりダサいです」

「そうかなあ。気に入っているんだけど。まあカッコ悪くてもさ、食わず嫌いしちゃ絶対ダメよ。世界、狭まるから。見なよクー」

結局、私は『遠い海から来たCOO』を観ていない。古臭い昔のアニメよりも、いまを追いかけているだけで忙しい。だけど、なんだか急に思い出して、葬儀のあいだに調べてみたけれど、サブスクもない。どうやって見ろっていうんだ。


式が終わり、トイレでNの唯一の親族だと言う高齢の女性と居合わせ、声をかけられた。

「Nのお友だち？」

「はい。後輩です。Nには生前、大変お世話になりました。仕事を教えていただきました」

　Nの叔母は私に頭を下げる。

「そうですか。Nは小さいころから家族には恵まれなかったから苦労ばかりしてきたのだけれど、こうしてたくさんの友人に囲まれて、しあわせだったと思います」

「Nはよく笑う人でした」

「そう。でも早すぎるわね。お酒を飲み過ぎたせいだと思うのよ。少し控えなさいと、六年前にNの兄が亡くなったときに言ったのだけどね」

　六年前、Nの兄が自殺した。当時、私はNと毎日顔を合わせていたが、そんな素振りをまったく見せなかったから気がつかなかった。どんな事情があったのかはわからないが、若くして死を選ぶというのはのっぴきならないことがあったはずだ。Nは相変わらずよく通る大きな声で仕事をしていて、兄のことは一切語らず、いつも通り過ごしているように見えた。

　叔母が言うには、兄の葬儀後に叔母の家で朝まで飲んでいたという。

「とっても楽しそうに飲むものだから、私も朝まで付き合っちゃって。私も七十なんですけどね」と笑う。笑うと細目になるところと、猫っ毛で湿度が高いと髪がボサボサになるところがNに似ていた。

「コロナで一時はお酒を飲まなくなったと言っていましたけど、家で飲むのが楽しいって、美味しいワインを冷蔵庫いっぱいに取り寄せて。私も何度かお邪魔させていただきました。猫ちゃんもかわいくて」

叔母と話しながら、三匹の猫のことを思い出した。Nの猫はどうなってしまうのだろう。

「あの……猫は。三匹の猫はどうなりますか」

「そうなのよ、猫」と言うと、叔母は契約書を取り出す。

「契約では里親に出す段取りになっているのだけど、これ、どうしたらいいんでしょうね。登録とかするのかしら」

契約書を見せてもらうと、猫の写真をアップロードして里親ネットに登録する、と書いてある。スマホのパスワードも記載されていた。

「私が猫にご飯をあげに行ってるのね。いまは私が東京に来ているからいいですけれど、明後日には前橋に戻るから、一度、私の家に連れて帰らないとって思っているんです」

「里親……」

「もう高齢みたいだから少し可哀想なんですけどね。うちは犬を飼っているし……」と言うと、叔母はため息をつく。

私はNの猫を思い出す。お腹に顔を埋めると、どんな疲れも吹っ飛ぶほどの幸福感。お腹から顔を離したときにくっつく猫の柔らかい毛。

「……あの、猫、私が引き取ってもいいですか」

私の申し出に、叔母は少し驚いた顔をする。

「それは……大丈夫ですけれど、急に大丈夫ですか？」

「はい、うち、マンションですが、飼えるところなんで」

「本当にいいんですか？」叔母は心配そうに私を見る。それは、そうだろう。でも、たぶんこうするのが一番いい。

「はい。私、Nの猫たち、大好きなので」


Nの叔母に頼み、Nの部屋の鍵を借りた。斎場からは徒歩十分。雨はすっかり上がり、新緑の美しい並木路を喪服姿で歩く。もう西日がさしていて、今日が終わろうとしている。ドアを開けると、お腹をすかせた三匹の猫がニャーニャーと鳴きながら駆け寄ってくる。

1LDKの部屋のカーテンは閉じたままで、部屋は真っ暗だった。

部屋に電気をつけ、キッチンの米櫃《こめびつ》に入ったカリカリを、猫用のお皿に山盛りに入れる。猫のうんちを取り、トイレシートを取り替える。猫セットの場所は、前にこの家に遊びに来たときから変わっていない。植物は以前来たときよりも少し増えていて、私は大きなジョウロで植物に水をあげてまわる。カーテンを開けると洗濯物が干したままだったから、数日前にNが干したであろう洗濯物も取り込む。

キッチンの壁には、猫の手が届かないように、ビニール袋に入ったミスタードーナツの箱がぶら下がっていた。中にはドーナツが三つ。食べかけのオールドファッションと、手つかずのフレンチクルーラーがふたつ。きっと仕事から帰ってきて食べるつもりだったのだろう。主人のいない部屋は、まだ主人がいなくなったことに気づいていない。ドーナツも、猫も、Nは帰ってくるものだと思っている。

人は死ぬ。あっという間に死ぬ。覚悟する時間なんてない。明日死ぬかもしれない。死ぬ瞬間、私はしあわせだったと感じられるだろうか。Nは少なくとも最後の日、最後の瞬間まで、いつものように明日が来ると信じていただろう。市ケ谷駅のホームで、早く帰って、ドーナツを食べて、猫を愛でて、お風呂に入って、それが永遠に続くものだと思っていただろう。

「まあ、でも、しあわせは続かないから、死ぬ準備はしてたんだよね」

私はガツガツとカリカリを食べる猫に話しかける。本当は猫には食べさせてはダメなのだけど、オールドファッションを少しちぎって猫にあげてみる。猫は「食べていいの?」という目で一度私を見て、ドーナツの匂いをクンクン嗅いで、ぺろっとたいらげた。生き物は、生きるために食べる。食べることは生きていることとの証だ。そして、もう二度とドーナツを食べられないNは、明日、灰になる。

この家はそのうち引き払われ、家具や電化製品は捨てられるのだろう。そして私もきっとNという人間が生きていたことを忘れる。世界では、一秒にふたりの人間が死んでいるのだという。いまこの瞬間に誰かが死に、やがて私も死ぬ。その大きな流れのなかの、ほんの一瞬の命がNであり、私である。ひとりの死で感傷に浸っていては、世界は動かない。

Nのソファで、猫を飼うにはなにが必要なのか、スマホで調べていた。トイレやカリカリは、このまま引き取らせてもらおう。どうやら猫を飼うためになにかを用意するよりも、まずは部屋を片付けてものを減らすことから始めなくてはならないようだ。いろいろ調べているうちに、Yからメッセージが届く。

「明日、火葬後、海で散骨式があるらしいんだけど、行く？　船で行って、花と一緒に骨を撒くんだってさ。俺は行くよ。やったことないし、面白そうだし」

三匹の猫は、私の膝の上と太ももにピッタリとくっついてゴロゴロと気持ちよさそうに喉を鳴らしている。私は猫の狭い額を撫でながら返事をする。

「なにそれ。行く行く」

「越中島桟橋に朝九時集合。あとで地図送る。人数多いから大型船チャーターしてるらしいよ」

「やばい。楽しそう」

悔いのない人生なんてわからないけれど、最後まで楽しませてくれるNの声が、もう二度と聞けないことにやっと気づいて、私は少し泣いた。

あとがき

二〇二五年三月で私は四十三歳と九か月になった。母は四十三年と九か月のときに亡くなったので、私はいよいよ母の年齢に追いついてしまった。同じぶんだけ生きてみて、ようやく同い年の一人の女性として母のことが見られるようになった。

母は手先が器用な人だった。一か月かけて編んだ私と兄のためのツイストセーターは売り物みたいだった。私の七五三は、田舎のデパートのスタイリングが気に入らないと、独学で着付けを覚えて写真館を驚かせた。美容院に行くのがもったいないと自分の頭にパーマをかけ、幼稚園のお遊戯会のドレスが足りないことがわかると、既製品とそっくりなドレスを同級生のぶんも含めて三着つくった。

「りえちゃんのお母さんは、なんでも作れてすごいね」「いいなあ」なんて言われたけれど、私は母のお手製が恥ずかしかった。ピンクやフリルが好きではなかったから、小学校に上がると文房具や体操服のカバンはカチッとした原色で無地の既製品を欲しがった。私は母という存在が恥ずかしかった。外で母と一緒にいるのを見られないよう、知り合いがいたらさっと隠れた。家では大好きなお母さんのはずなのに、外では恥ずかしい。友だちのお母さんが、みんな素敵に見えた。

どうして同級生のお母さんたちとおしゃべりしないのだろう。どうしていつもひとりで帰ってしまうのだろう。どうしてあまり笑わないのだろう。みんな普通にやっていることなのに。

母は人との関わりを避けていた。保護者会のあとのお茶会には参加せず、さっさと家に帰って本を読む。平日はネジをはんだこてでくっつける内職をしていて、一人で仕事部屋に籠って落語家のラジオを聴いていた。休みの日は図書館に行き、貸し出し上限いっぱいの本を借りて帰る。平日にそれを全部読んで、また次の週に図書館に行く。それの繰り返し。田舎の主婦のありあまる時間のほとんどを、母はひとりで過ごしていた。母はなんでもひとりでできるようになって、なんでもひとりでつくれるようになって、いつのまにかひとりぼっちになってしまった。

私は母のようになりたくなかった。ひとりぼっちで夫の帰りを待つ妻になりたくなかった。子どもの成長だけが生きがいの母親になりたくなかった。勝手に死んで、家族の心を抉《えぐ》り、傷つけることでしか愛情を示せない母の生き方が嫌いだった。だから「母の気配」がするものはどんどん捨てた。私はいろいろな場所で、いろいろな肩書をもって、いろいろな顔をして仕事をする。よく笑い、よく食べ、よく眠る。母ができなかったことをやると決めて、母がしなかった選択をして、母とはまったく違う生き方をしている。

なんて書くと「お母さん、お母さん」と大人気なく固執して、いつまでも親離れできていないみたいで恥ずかしい。だけど同じぶんだけ生きてみて、そしていま彼女を追い越そうとしていて、私もいつのまにかなんでもひとりでできるようになっていることに気づく。だけど私は母のような孤独を感じていない。信頼できる仲間に恵まれている。私が自分で見つけてきた仲間たちだ。彼らに出会えた私は運がいい。

一人の女性として母をみると「あんな女とは絶対に友だちにはなれない」と思うのだけど、そういえば私も読者ハガキで「野口さんとは友だちになれなさそう」と書かれたことがある。母と私は気難しいのだ。私の人生のなかで十五年しか一緒に過ごさなかった人だけど、血がつながっているということはそういうことだ。だって、家族なんだから。
これから先、私は老いていき、数匹の猫を看取り、尊敬する人たちも、友人たちも、みんな、みんな死んでいく。もしかしたら私が先にぽっくり逝ってしまうかもしれない。いつかみんな消えてなくなってしまうのだから、しっかりと私の人生を味わい尽くしてやろうと思う。それが私なりの親孝行だ。

今回、私の書いてきたものを本にすることになって、改めて読み返すと、ずいぶん力いっぱい絞り出したなと思う。私は特別な人でも不幸な人でもなんでもなくて、いたって普通の人だ。家族がバタバタと死んだことで悟りを開いたわけでもないし、特別な能力に目覚めたわけでもない。近所のスーパーで安い肉を買って大量のカレーをつくり、猫の腹をさわさわしてニンマリするような、どこにでもいるちょっと頑固なおばさんだ。だけど、そんな私という人間のてんやわんやな人生の断片によって、読者のみなさんの心の中に少しでも「生きる力が湧いてくる」といいなと思う。

今回の本の担当編集は、本書のなかに数回登場する北尾修一氏。デザイナーは川名潤氏。ふたりとも、私が両親と過ごした年月よりも長い付き合いだ。イカしたイラストは水沢そら氏。もう一冊ぶん書けそうなくらい伝えたいことはたんまりあるが、じっとりしそうなので割愛する。湿っぽくなるくらいなら、みんなで酒でも飲んで、美味しいものを食べたほうがいい。くだらない話をして、大笑いする。そんな毎日がいつまでも続くよう、私は前を向いていく。

初出一覧

「家族」……『USOぅそ』（二〇一九年九月）
「生きる力が湧いてくる」……版元日誌（版元ドットコム）
「大切なあなた」……『USO3』（二〇二一年十一月）
「祝祭の日々」……ZINE『ダイスキ』（二〇二三年九月）
「かわいいあの子」……『USO2』（二〇二〇年十一月）
「テニスが下手な女の子」……『随風』（二〇二五年四月）
「夜、空を見上げる」……ZINE『平行世界』（二〇二四年十一月）
「Nの起源」……『USO6』（二〇二四年十二月）
「見えないアングル」……『USO5』（二〇二三年十一月）
「朝、虎ノ門で仕事を終える」……ZINE『平行世界』（二〇二四年十一月）
「遠くに住んでいるあの子」……『USOぅそ』（二〇一九年九月）
「自由の証」……『USO2』（二〇二〇年十一月）
「今日も吉祥寺のルノアールで」……『USO4』（二〇二二年十一月）
「それよりぼくと踊りませんか」……『USO4』（二〇二二年十一月）
「発声のすばらしさ」……『USO3』（二〇二一年十一月）
「物語のはじまりには、ちょうどいいのさ」……『USO5』（二〇二三年十一月）
「あなたと私のあいだにあるもの」……『USO6』（二〇二四年十二月）
「Nのお葬式」……『USO3』（二〇二一年十一月）
より、加筆・修正したものを収録しました。

「昼間に風呂に入る」「酔う」「優しい兄」「正月嫌い」「太く、長く、濃く」「しあわせの、となりにあるもの」「中華料理とお節介」「居場所をくれてありがとう」は書き下ろしです。

生きる力が湧いてくる

２０２５年５月15日　初版発行

著者　野口理恵
装画　水沢そら
装丁　川名潤
発行者　北尾修一
発行所　株式会社百万年書房
〒１５８－００９３　東京都世田谷区上野毛３丁目16－３－２０６
電話　０８０－３５７８－３５０２
http://millionyearsbookstore.com

印刷・製本　株式会社シナノ

ISBN978-4-910053-63-9